011
REKI KAWAHARA abec bee-pee
SWORD ART ONLINE
alicization turning
S A O SWORD ART ONLINE

「唔姆，真好吃。
這味道簡直跟跳鹿亭
不相上下唷，
羅妮耶、緹潔。」
—桐人§
迷途闖進神祕「假想世界」的少年。
為了離開這裡，
正在尋找「系統控制台」。
「哇啊，真的嗎？」
—羅妮耶§
照顧以成為「整合騎士」為
目標的桐人的「隨侍練士」。

「那個……這是我們做的，
不知合不合兩位的口味……」
—緹潔 § 照顧以成為「整合騎士」為目標的尤吉歐的「隨侍練士」。
「桐人，你既然都已經跟她們那麼熟了，
根本也不用想要逃走了吧？」
—尤吉歐 § 桐人在這個世界裡第一個遇見的居民。和桐人一起成為「北聖托利亞帝立修劍學院」的「上級修劍士」。

「不要……救救我……
救救我吧，尤吉歐學長！
尤吉歐學長──！」
「不、不要……不要……
不要啊…………！』

「嗚……咕……哦哦……！
我、我……！」

「……愛麗絲……？是妳嗎……？
妳是……愛麗絲嗎…………？」

「我是統領聖托利亞市域的公理教會整合騎士——
愛麗絲·辛賽西斯·薩提。」
愛麗絲§維護「人界」秩序的
「整合騎士」。

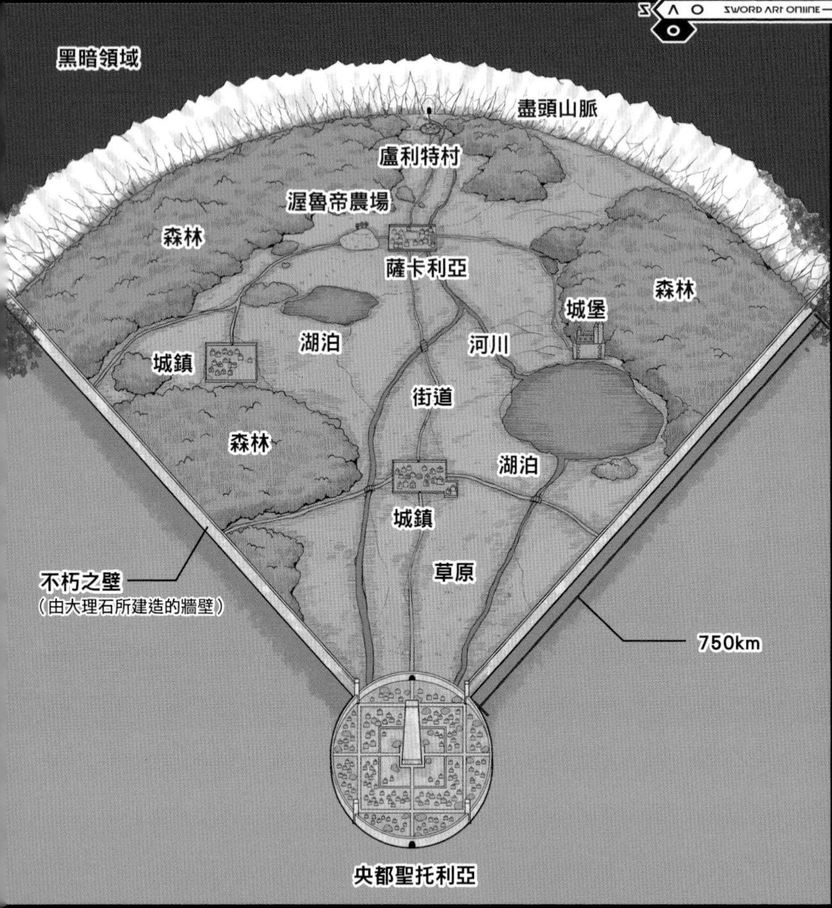

「北聖托利亞帝立修劍學院與整合騎士」

位於地底世界「人界」的中央部分，人界最大都市「央都聖托利亞」。該城市被直徑十基洛爾的正圓形城牆包圍，當中的人口超過兩萬人。圓形市街有著被堅固X形牆壁分成四等分的特殊構造，分隔城鎮的牆壁人稱「不朽之壁」。這座均分為「北聖托利亞」、「東聖托利亞」、「南聖托利亞」、「西聖托利亞」四等分的都市，同時也是把廣大人界分為東西南北四領土並加以統治的四帝國首都。

「央都」正中央，也就是人界中心有一座屬於公理教會的純白巨塔「中央聖堂」。這座高聳入雲的高塔根本看不見頂端，而且正方形的教會屬地周圍還有高大的牆壁，所以完全沒辦法窺看到內部的情形。分割聖托利亞城鎮的「不朽之壁」就是由聖堂開始往四方延伸下去。最高統治組織「公理教會」裡有「整合騎士」這樣的武官存在。守護世界秩序的騎士是人界所有劍士們憧憬的天職。

以當上「整合騎士」為目標的劍士們，只要能通過劍士養成機構「北聖托利亞帝立修劍學院」的入學考試，就能夠成為「初等練士」。練士們經過一整年嚴格的訓練之後，將在每年度舉行的進級考試裡爭取成為更高階的劍士。學院學生的最終目標是參加「帝國劍武大會」。而桐人與尤吉歐的目標則是參加「人界」最高層級的劍技大會「四帝國統一大會」並贏取優勝，被任命為光榮的「整合騎士」。

SWORD ART ONLINE

「這雖然是遊戲，
但可不是鬧著玩的。」

──「SAO刀劍神域」設計者・茅場晶彥──

SWORD ART ONLINE
Alicization turning

REKI KAWAHARA

ABEC

BEE-PEE

011

第五章　右眼的封印　人界曆三八〇年五月

1

「Underworld」。

這就是這個世界的名稱。由於這不是泛用語而是神聖語，所以幾乎所有的居民都是在不了解該名詞意義的情況下生活在其中。

地底世界的中心「人界」是直徑達一千五百基洛爾的正圓形。而人界周圍則被「盡頭山脈」所包圍，山脈後方是哥布林與半獸人等亞人族所棲息的暗黑帝國「黑暗領域」——只不過幾乎沒有人親眼看過這片領土。

目前人界總共分為四個帝國，統治北部的是擁有肥沃草原、深邃森林以及眾多湖泊的「諾蘭卡魯斯北帝國」。呈現標準扇形的帝國國土南端，也就是扇子的底部則是帝國首都「北聖托利亞」。由於其他三個帝國的構造完全相同，所以四國首都就在人界中心接合成一個小圓形，而這個小圓形就被稱為「央都聖托利亞」。

聖托利亞的中央聳立著超越四帝國權威，藉由「禁忌目錄」這部絕對法典以及「整合騎士團」的絕對武力來支配人界的「世界中央公理教會」白色巨塔。

這座巨塔被人民稱為「中央聖堂」。從各方面來說，這棟高度似乎直達陽神索魯斯的雄偉建築物才是人界的中心。而這也代表它是整個地底世界的中心。

這便是尤吉歐所知道的世界的全貌。

自從和夥伴桐人一起由北帝國最北端的小村莊盧利特往南邊旅行後，到今年春天為止轉眼就已經過了兩個年頭。

在北域最大的城鎮薩卡利亞進入衛兵隊，然後獲得隊長親筆推薦函並來到央都已經是去年早春的事情。他成功通過帝國最高峰劍士養成機構「北聖托利亞帝立修劍學院」的入學考，以初等練士的身分接受一整年嚴格的訓練，接著在年末的進級考試當中順利進入原本目標的前十二名之內。

名列前茅的十二個人已經不是高等練士，而是名為「上級修劍士」的資優生。他們不但可以住進擁有寬敞修練場的專用宿舍，也不用遵守學院大部分的繁文縟節，一年當中只要努力練習來爭取「帝國劍武大會」的參賽權即可。

每天的學科課程、劍技指導以及之後的自主訓練雖然相當辛苦，但對尤吉歐來說依然是如作夢般的每一天。如果兩年前沒有和那名叫桐人的少年相遇，自己應該還過著在森林深處從早到晚揮動斧頭的生活，而這種日子將一直持續到年老卸下「天職」之後才能停止。想不到現在竟然能參雜在貴族子弟之間學習劍術與神聖術，一步一步慢慢朝著自己的目標邁進。

尤吉歐的目標和其他學生不同，在人界最高峰的劍技大會「四帝國統一大會」裡獲得優勝接著被任命為光榮的「整合騎士」並非他最後的目的。

成為騎士之後，他將穿過連一等爵士也無法踏入的公理教會中央聖堂的大門……然後在那裡與過去被帶到聖堂裡的青梅竹馬愛麗絲．滋貝魯庫相見。

他原本已經放棄這遙不可及的希望，但夥伴桐人卻幫忙他重新開拓出通往夢想的道路。這兩年當中，無論遇上什麼樣的困難，只要兩個人同心協力就一定能夠過關。尤吉歐教導喪失記憶的桐人帝國基本法等各種規則，而桐人則是傳授尤吉歐獨門的「艾恩葛朗特流」劍術，兩人就這樣以兄弟……不對，應該說以雙胞胎般的步調一路努力到今天。

即使成為上級修劍士的現在，尤吉歐和桐人在宿舍裡也是住在同一間房間當中。不過兩個人分別有自己的寢室，共同使用的只有客廳。這裡除了寬廣、柔軟的程度是盧利特村自家完全無法比擬的床鋪之外，還有能夠盡情使用熱水的豪華浴室以及提供各種料理的修劍士專用食堂，其實尤吉歐到現在還對這樣優渥的生活感到有些罪惡感，但桐人卻馬上就適應了這裡的環境。

不過就連這樣的桐人，還是有件事情讓他和尤吉歐一樣感到相當頭痛。

學院給予十二名上級修劍士的特權不只有專用宿舍。每個人都還配屬了一名優秀的初等練士，以「隨侍」的身分幫忙照顧生活起居。尤吉歐去年也以隨侍的身分服侍了豪放磊落的學長劍士，而且也絲毫不覺得辛苦……應該說反而覺得相當快樂，但立場相反之後可就不是這麼回事了。

今年擔任尤吉歐隨侍的竟然是出身於六等爵士家，而且年紀剛滿十六歲的緹潔・休特里涅。而另一名同樣出身六等爵士家的十六歲少女羅妮耶・阿拉貝魯則是桐人的隨侍。結果這便讓兩名出身邊境的男孩子感到相當不習慣。

當然尤吉歐並不討厭緹潔本人。這名總是充滿活力的少女有著北域相當稀有的火焰般紅髮與紅眼珠，而且一直相當努力向上，連應該是指導者的尤吉歐也從她身上學到了不少東西。但是——尤吉歐到現在還是不習慣讓只比自己小三歲，而且還是貴族出身的女孩子來照顧自己。結果尤吉歐每次都因為不好意思而說出「那個我來就好了」，而緹潔也每次都會立刻回答：

「不行，這是隨侍的工作！」

桐人的狀況其實也跟他差不多，這一個月裡只要羅妮耶來打掃房間，他就一定會隨便找個理由離開。只不過——

今天——人界曆三八〇年五月十七日，當緹潔與羅妮耶打掃完房間時，終於回到房裡來的桐人手裡竟然還抱著一個裝滿蜂蜜派的大紙袋。其實這是位於北聖托利亞六區，東邊第三條街道上的老店「跳鹿亭」的知名商品。桐人替自己和尤吉歐拿起兩個派之後隨即表示「拿回房裡大家一起吃吧」，接著就把剩下來的派全都遞給緹潔她們。

由於初等練士平時禁止外出，當然也就沒辦法到市場上購買零食。這出乎意料之外的禮物讓兩名少女感到相當高興，連尤吉歐也是第一次看見她們跑回初等練士宿舍。

修劍士的任務是和隨侍練士建立良好關係，而且除了劍術之外也必須指導生活與品格等各方面，所以蜂蜜派也算是桐人努力想和她們打好關係的一環吧——只不過實在給太多了，當尤吉歐一邊這麼想一邊側目瞪了他一眼時，這名黑髮的夥伴只是像什麼事都沒發生過一樣將派吃完，接著表示：

「那麼尤吉歐，吃晚飯前要不要稍微陪我練習一下啊。」

「我是無所謂。但明天有上級神聖術的考試唷。而且除了筆試之外，還有桐人最不拿手的『凍素』生成實測呢。」

「嗚……」

尤吉歐的提醒讓原本準備抓住練習用木劍的手倏然停止。不死心地猶豫了幾秒鐘後，桐人終於嘆了口氣並且放下手臂，以感觸良多的聲音表示：

「真是的，為什麼來到這種地方還得為了考試而看書呢……」

的確正如桐人所說的，在盧利特村裡揮動斧頭時，真沒想過自己有一天會在央都學習神聖術。雖然和桐人一樣覺得練習劍術比背誦複雜的術式要有趣多了，但學科考試要是一直不及格的話，就算劍術成績再好也沒辦法獲得劍武大會的參賽資格。

——不用尤吉歐多加說明也了解這個事實的夥伴，在撩起跟制服同樣漆黑的頭髮後，隨即用無力的聲音說道：

「尤吉歐。我從現在開始要一直拚命看書到熄燈時間為止，能拜託好心的你幫我從食堂裡把晚餐拿過來嗎？」

「了解。早知如此為什麼不平常就每天看一點書呢……」

「你說的一點都沒錯。但這世界上就是有無法辦到這一點的人哪……」

留下奇妙的達觀發言後，桐人便迅速穿越客廳，走進北側房門回到自己的房間裡去了。

和一個半月前還在那裡過生活的初等練士宿舍不同，上級修劍士宿舍是一棟正圓形建築物。三層樓的房子中央部分整個被掏空，周圍環繞圓形的內廊，而十二名修劍士起居的房間則並排在南側外圍。

一樓有食堂以及大浴場等設施，二、三樓各有六間學生用的起居室。起居室內部是由兩間房共用一個客廳的構造，而尤吉歐和桐人的房間目前是在三樓。

房間是由第一年年末最後考試的名次順序來排列，第一名是三樓最東側的三〇一號房，第二名則是三〇二號房……然後依此類推，第十二名就是位於二樓的二〇六號房。尤吉歐的房間是三〇五，而桐人則是三〇六。這也就是說在一百二十名初等練士當中，尤吉歐的成績排名第五，而桐人則是第六名。

兩個人之所以能順利住進連結在一起的兩個房間，除了原本就這麼打算之外，還有一半算是幸運。兩人一開始當然是準備獨占第一與第二名——在不放水的情況下，只有這樣才能住同一個房間——但在對上教官的檢定考裡桐人是第四名，而尤吉歐只拿到第五名，當兩個人正因為這樣將不能住在一起而緊張不已時，桐人卻又因為在最後的劍招演練以及神聖術考試裡大量失分而變成了第六名。

結果雖然順利達成了同住一間房的目的，但又因此而出現了新的課題。

因為兩個人在一年……不對，十個月後就一定得以學院第一以及第二名的名次畢業，才能獲得帝國劍武大會的參賽權。桐人在入學時是第七名，而尤吉歐是第八名，所以也算是有所進步了，但想到上面還有四名劍士，就沒辦法對現狀感到太樂觀。

不過桐人倒是相當冷靜，他似乎覺得只要能入選上級修劍士就已經跟獲勝沒有兩樣。當然他的自信也不是毫無根據，因為修劍士不再跟之前一樣由考試的總分來決定排名，而是按照一年四次的「檢定比賽」來決定名次。這些比賽的對手不是教官而是自己的同學，所以可以無視評分基準，只要贏過對方就可以了。

而在各方面都超乎想像的夥伴在兩個半月前還是初等練士的時候，就已經和當時的首席上級修劍士進行過初擊勝負的比賽並且獲勝了。雖然裁判當時判定為平手，但無疑是由桐人贏得了勝利。而且和他交手的強力剛劍使還是代代擔任帝國騎士團劍術指導的二等爵士家長男。

尤吉歐跟著擁有雄厚實力的桐人學習了兩年只有他才懂的艾恩葛朗特流劍術，因此也不是對自己的劍術沒有自信。但是能不能跟夥伴一樣樂觀就是另外的問題了。就算是在筆試的前一天，他也無法省略每天的鍛鍊。

平常總是陪自己練習的夥伴這時已經躲回自己房間去臨時抱佛腳了，因此尤吉歐只能獨自拿起木劍走出房間。

呈大圓圈狀的內側走廊，對面的空間從一到三樓都已經掏空，所以能從上方的圓形天窗看見傍晚火紅的天空。說起來在故鄉盧利特村，甚至是薩卡利亞鎮上都沒有看過如此豪華的建築物。連腳下的地板都是磨得相當光滑的高級木材，彎曲的牆壁上還掛著幾幅以帝國歷史為題材的圖畫。

——要是跟在故鄉的哥哥們說自己住在如此豪華的建築物裡頭，而且還有自己的隨侍，他們一定不會相信吧。

尤吉歐一邊走在漫長的走廊上一邊茫然地這麼想著。

雖說是上級修劍士，也不過是一介學生，就已經能享受如此優渥的待遇。那麼經常在統一大會裡獲得前幾名的劍豪——或者是權力高過四皇帝家族的公理教會整合騎士，究竟過著如何奢華的生活呢？

尤吉歐用扛在肩膀上的木劍敲了敲自己的頭。

「……唉唷，不行。」

可能是入學一年後已經比較習慣學院裡的生活了吧，有時會忘記剛由村子出發時的初衷而嚇一大跳。自己待在這裡不是為了提升身為劍士的名聲來獲得金錢或名譽。

「……愛麗絲……」

他像是要說給自己聽一般，低聲呢喃出重要的姓名。

不論是在這裡的生活或者是在檢定比賽中獲得勝利，甚至是以成為整合騎士為目標，全都不是目的而是手段。是為了奪回應該被幽禁在公理教會中央聖堂某處的金髮青梅竹馬——

從建築物北側樓梯來到一樓的尤吉歐直接走向鄰接宿舍的專用修練場。這也是上級修劍士的特權之一。初等練士的時候必須和眾人一起在大修練場或者沒有屋頂的野外練習場揮動木劍，但現在已經能待在明亮且寬廣的室內盡情練習而不用在意時間了。

走過短短的連結走廊並打開盡頭的門後，尤吉歐隨即聞到每年春天都會重新鋪設的地板所發出的清香。他停下腳步，用力吸了一口氣，但是在途中便屏住了呼吸。這是因為空氣中參雜了些許黏膩香氣的緣故。

穿過更衣小房間來到修練場後，不祥的預感馬上就成真了。

站在寬敞地板正中央的兩名男學生注意到尤吉歐而轉過頭來，接著立刻明顯地繃起臉來。他們可能正在練習劍招吧，只見一個人把木劍停在半空中，而另一個人則在幫忙調整手腳的位置，兩個人看見尤吉歐後便相當刻意地把手放下來。

不用這麼警戒心十足，我不會偷你們的劍招啦。尤吉歐邊在內心如此說道一邊向他們輕輕點了點頭，接著便走向修練場的角落。雖然認為他們會跟平常一樣無視自己的存在，但這次先來到此地的其中一名男性竟然往前一步並且開口說道：

「唉唷，尤吉歐……修劍士，今天晚上只有自己一個人嗎？」

對他搭話的，是剛才準備往上揮劍的男人。他高大強壯的身軀包裹在鮮豔的紅色制服底下，頭上則垂著波浪狀的金髮。算是端正的臉龐上這時雖然堆滿笑容，但在「尤吉歐」與「修劍士」之間故意隔了一些空檔，是為了要諷刺尤吉歐是沒有姓氏的開拓農民。

如果要對這種無聊的小手段發脾氣將會浪費練習時間，所以尤吉歐只是裝出沒有發現的表情並且回答：

「晚安，安提諾斯修劍士。是的，很不巧的和我同寢的……」

但他話才說到一半，就被另一名男學生尖銳的叫聲給蓋過去了。

「太沒禮貌了吧！在稱呼萊歐斯少爺的時候應該要加上『首席修劍士閣下』吧！」

尤吉歐將頭轉向這名身穿淡黃色制服且用髮油將灰色頭髮梳地相當服貼的男性後，雖然已經覺得難以忍受，但還是輕輕低下頭說：

「那可真是抱歉了，吉傑克修劍士。」

感到更加憤怒的男性馬上往前跨出一步並叫嚷著：

「竟然又做出這種無禮的行為！稱呼我的時候應該要加上『次席』才對！難道說你藐視這所修劍學院光榮的歷史與傳統……」

「唉呀，算了吧，溫貝爾。」

被人從後面拍了一下肩膀後，溫貝爾立刻閉嘴並且往後退。

正如對方剛才所說的，灰色頭髮的溫貝爾・吉傑克正是生活在這棟宿舍的十二名學生中排名第二的次席上級修劍士。而金髮男萊歐斯・安提諾斯則是排名第一的首席上級修劍士。也就是說萊歐斯取代了上上個月和桐人展開激戰的上屆首席渦羅・利邦提的地位。

與散發一股寡默武人氣息的渦羅不同，萊歐斯是一名一看就知道是上級貴族的俊美男性，不過兩人劍法的特質卻十分相似。由於他們同是「海伊・諾魯基亞流」的劍士，所以這也是理所當然的事，但個性講好聽一點是高雅，講難聽一些就是陰沉的萊歐斯竟然跟渦羅一樣擁有一擊打倒敵人的剛劍，這一直是讓尤吉歐有些無法接受的一點。

之前和桐人談話時，他曾經說過上級貴族們的劍有一半的威力是來自於孩提時期一路培養上來的強大自尊心。雖然萊歐斯在對於劍術的真摯心以及修練的激烈程度上根本就比不上渦羅，但自尊心方面他絕對凌駕於渦羅之上。所以萊歐斯的劍才會有那種纏人的重量。

——但是自尊心這個名詞能夠等於榮譽感嗎？如果那傢伙也有強烈的榮譽心，為什麼還老是搞些無聊的小動作呢？

無法接受這種說法的尤吉歐提出反駁後桐人想了一會兒，接著又這麼回答：

——榮譽心是不斷證明自己能力後的成果，但自尊心就不一定了。萊歐斯他們一定是利用和他人比較來培養自尊心。所以那些傢伙才會凡事都要貶低我們兩個不是貴族，而且還不是央都出身的鄉下人。反過來說，他們不持續這麼做的話，就沒辦法一直維持重要的自尊心了。

尤吉歐雖然有些無法理解桐人所說的話，但如果是這樣的話，尤吉歐要是表現出謙卑的姿態而讓萊歐斯等人的自尊心獲得滿足，那麼他們的劍也會因此而越變越強。

雖然會覺得那乾脆以挑釁、輕視的態度來回應他們，但尤吉歐和夥伴不同，到目前還沒有辦法拿捏是否違反校規的境界線，所以還是不願意引起無謂的紛爭。

因此尤吉歐雖然對自己過於溫馴的性格感到有些氣惱，但在向兩人行了個禮表示歉意後便再次朝著練習場角落走去。

踏上剛從央都附近森林砍下來，目前還擁有大量天命的白木地板後，惡劣的心情也開始逐漸消散。在滿是石造建築物的央都裡，修練場算是能夠享受新鮮樹木香氣的貴重場所。

——雖然萊歐斯等人應該從小就跟隨家庭教師習劍，但我七年來也一直在盧利特的森林裡，每天朝著基家斯西達揮動兩千下斧頭啊。自尊心或許比不上他們，但我絕對有屬於自己的驕傲。只不過……揮動的不是劍而是斧頭就是了。

尤吉歐一邊這麼想，一邊在西側窗邊幾根個人練習用的圓木前停下腳步。由於這些圓木也跟地板同時更新，所以側面仍未出現凹陷。

他用雙手握住白金橡樹製的木劍，擺出最基本的中段姿勢並調整呼吸。

「嘿！」

尤吉歐立刻隨著簡短的叫聲從頭上揮下手裡的劍。「咚」一聲沉重的敲擊聲響起，直徑三十限的圓木因為右側面遭受敲擊而整個震動了起來。

尤吉歐一面感受兩手上傳來的舒暢手感一面往後退了一步，然後又將劍從左邊往下揮落。接著便是重複右、左、右、左的順序。敲擊十次之後，自己的身體、木劍以及圓木之外的事物就從意識當中消失了。

尤吉歐每天晚上所進行的，就是這總共四百次的左右上段斬。他不像萊歐斯等人會複習白天教練所教授的複雜劍招。這是因為夥伴兼師父的桐人表示根本沒有這個必要。

——這個世界裡，重要的是灌注在劍上的意念。

在教授尤吉歐劍術時，他時常這麼表示。

——不論是諾魯基亞流、巴魯提歐流或者我們艾恩葛朗特流的「祕奧義」都是相當強力的劍術。只要掌握發動的訣竅，劍就會半自動地揮舞起來了。但接下來才是最重要的問題。今後我們應該會面臨許多像我和渦羅比試時那種祕奧義對上祕奧義的比賽。如此一來，就只能靠劍的重量來左右整個戰局了。

重量。

尤吉歐也了解這不單純只是指劍本身的重量。

和桐人對戰的渦羅・利邦提是將出身於騎士團劍術指導之家的榮譽以及重責灌注在劍上。而尤吉歐服侍了一整年的哥魯哥羅索・巴魯托學長則是灌注鍛鍊成鋼的肉體裡產生自信。至於指導桐人的索爾緹莉娜・賽魯魯特學姊是不斷鑽研凌厲技巧。最後萊歐斯和溫貝爾等上級貴族則是用自尊心來改變劍的重量。

那麼我要灌注什麼在自己的劍上呢？

當尤吉歐忍不住這麼問道時，桐人只是像平常一樣笑了笑並且回答「這就要靠你自己去尋找了」。但他可能覺得這樣的答案太過於抽象了吧，於是馬上又加了一句「光是練習劍招是沒辦法發現的唷」。

所以尤吉歐即使是在來到聖托利亞的旅行途中，以及獲得進入修劍學院的資格後也每天反覆進行著擊打圓木的練習。因為不是貴族也不是劍士的尤吉歐，唯一的經驗就是魯直地在盧利特南邊森林裡持續揮動了好幾年的斧頭。

不對，其實他還有另一項重要的堅持。

那就是想奪回被公理教會帶走的愛麗絲。即使像這樣揮著木劍的時間裡，青梅竹馬的金髮少女也依然存在於他的腦袋當中。因此在故鄉森林裡砍伐基家斯西達的時候，他一定也是懷抱著這樣的心情吧。

八年前的那個夏天。

當愛麗絲被名為迪索爾巴德·辛賽西斯·賽門的整合騎士帶走時，尤吉歐只能在一旁觀看。當時他手裡明明握著能夠砍斷鋼鐵的「龍骨斧」，但卻沒有辦法揮動。身邊明明有某個……和自己差不多年紀的少年拚命大叫著「尤吉歐，這樣真的沒關係嗎？」

對了……那到底是誰呢。像那樣叫我名字的朋友，應該就只有愛麗絲一個人而已啊。但是那道稚嫩的聲音好像到現在都迴盪在自己耳邊。

當尤吉歐一邊在頭腦的一角自動數著揮擊的次數，一邊想潛進自己記憶深處的時候——

「唉呀唉呀，尤吉歐同學的練習怎麼總是這麼奇怪啊。」

帶著笑意的聲音從背後響起，讓尤吉歐無法集中思緒。結果劍的軌道也因此稍微偏離，樵夫時期沒準確砍中凹陷處的不舒服反動使他的雙手感到麻痺。

在廣大修練場角落的尤吉歐和正中央的萊歐斯等人明明有段距離，但卻能夠清楚聽見他們的聲音，這很明顯是因為對方為了讓他聽見而放大了音量。尤吉歐明明早已習慣這兩個傢伙的冷言冷語，卻還是產生了動搖，而這也讓他感到相當慚愧。尤吉歐對自己說了幾次「別理他們」後隨即再度開始揮劍，但是——

「溫貝爾，你看見尤吉歐同學每天晚上都做同樣的事後，不會想知道這不是劍招也不是劍技的練習究竟有什麼意義嗎？」

「說的沒錯，萊歐斯少爺。」

故意放大音量的對話再度傳了過來，接著又是呵呵的嘲笑聲，尤吉歐的外表雖然沒有任何反應，但內心已經忍不住反駁了回去。

——萊歐斯，看來你還是跟平常一樣，只有桐人不在的時候才這麼多話啊。

從上上個月開始，萊歐斯他們不知道為什麼，只要見到尤吉歐和桐人待在一起就不再對兩個人挑釁了。雖然在發現尤吉歐落單時便會更加倍地諷刺他，但這兩個人似乎不是看尤吉歐好欺負，而是因為覺得桐人相當詭異的緣故。

原因好像是初等練士時代後期桐人與萊歐斯等人之間發生過某件事情，但就算詢問自己的夥伴，他也只是回答「只不過是一點小爭執」，而尤吉歐當然沒辦法直接詢問萊歐斯。上個月畢業典禮之後，桐人送給索爾緹莉娜學姊稀有的藍色花朵盆栽時，萊歐斯與溫貝爾的臉色忽然就整個發青。雖然這似乎和他們害怕桐人的理由有關，但尤吉歐怎麼想都無法理解當中的關聯。

不過至少和桐人在一起時就不會再因為他們的嘲諷而心煩，所以尤吉歐也沒有任何不滿。但成為上級修劍士之後，總不能還一直倚靠夥伴的庇護吧。

下個月，也就是六月中旬左右馬上就有今年第一次的檢定比賽。雖然畢業前的比賽才能決定最後的排名，但第一次直接對決就敗給萊歐斯等人的話今後會相當令人擔心。雖說一年來一直是次席的索爾緹莉娜修劍士在最後一場比賽才打敗不動的首席渦羅．利邦提，但這種大逆轉不可能時常出現——哥魯哥羅索當時像是自己獲勝了般高興地這麼說道。

今年的首席萊歐斯以及次席溫貝爾也跟渦羅一樣是從小受到海伊．諾魯基亞流菁英教育的強者。雖然性格上完全讓人無法尊敬，但劍技方面確實領先了其他貴族出身的學生不少。老實說，即使現在距離比賽已經不到一個月的時間，自己也還不知道應該要灌注什麼於劍上，才能與他們的剛劍匹敵。

——但至少揮劍的次數絕對不能輸給你們。

暗暗在心裡下了這樣的決心並揮完四百下木劍之後，尤吉歐便慢慢地挺直身體。

他從腰帶上拿起手帕，首先將木劍擦乾淨。接著才一邊擦拭額頭與脖子上的汗水，一邊往後瞄了一眼。萊歐斯等人還是一樣占據了練習場中央，然後互相品評著彼此劍招的表現。

當尤吉歐把視線拉回來並且鬆了口氣時，吊在學院主講堂上的「宣告時刻之鐘」已經用跟故鄉教會裡的鐘完全一樣的旋律來宣告時間是晚上六點。與有一大堆規律必須遵守的練士宿舍不同，修劍士宿舍大部分的時間都可以由學生自行決定，所以在六點到八點之間隨時都可以去吃晚餐。雖然也能繼續練習一會兒，但今天還得幫勤於準備考試的夥伴拿晚餐到房間去才行。

——話說回來，桐人那傢伙沒有特別指定菜色吧。如果有那傢伙不喜歡的涼拌粒瓜，那我一定要多盛一點給他。

當這麼想的尤吉歐將木劍與手帕夾回腰帶上並朝出口走去時，舉著劍的萊歐斯又大聲地說道：

「唉唷，尤吉歐修劍士只是敲敲圓木，完全不練習劍招呢。」

溫貝爾馬上就配合著說：

「萊歐斯少爺，聽說尤吉歐同學曾經是鄉下某個地方的樵夫唷。我看他可能只知道怎麼對付圓木的技巧吧。」

「這就是我的疏忽了。如果是這樣的話，身為同一宿舍的修練者，我應該教他一招半式才對啊。」

「哦哦，萊歐斯少爺真是有雅量，真不愧是爵士的模範！」

這好像事先已經已經排練過的一搭一唱讓尤吉歐拚命壓抑住想嘆氣的心情，接著準備就這樣離開現場。但這時候溫貝爾又直接對他搭話，讓他不得不停下腳步。

「尤吉歐同學，怎麼樣啊。要不要乾脆接受萊歐斯少爺的好意，讓他指導你一下呢？這種機會可能不會再有囉。」

事到如今，尤吉歐已經沒辦法裝成沒聽見而自行離開了。因為故意無視說話者將會被視為違背禮貌的行為。按照慣例，上級修劍士擁有的懲罰權通常只針對初等練士以及高等練士，所以同樣身為修劍士的尤吉歐應該不會受到處罰才對，但慣例並不是明文化的法規。這兩個傢伙也有可能會強行對他施予罰則。

因此尤吉歐原本準備向他們說聲「不用麻煩二位」然後就離開，但忽然間又改變了想法。

他心想這說不定真是個好機會。

萊歐斯與溫貝爾是上級修劍士的首席與次席——也就是學院裡排名第一與第二的強力劍士。而且桐人也經常說「不能小覷他們兩個人」，所以尤吉歐也沒有看輕兩人實力的意思。

但從另一方面來說，尤吉歐還是對萊歐斯等人「源自於自尊心的實力」感到有些無法接受。以自己高貴的身分為榮，輕視、嘲弄平民出身或者家裡爵位不及他們的學生……這樣的本性真的可以變成劍的力量嗎？感覺上要是承認這一點的話，雙親、教會的阿薩莉亞修女、卡斯弗特村長以及青梅竹馬愛麗絲從小教會自己的「敬愛他人的精神」似乎就會受到褻瀆。

目前即使對方明顯露出輕視的眼神，尤吉歐依然不忘對萊歐斯等人抱持最低的敬意——雖然實在無法喜歡他們。但如果這樣的態度反而滿足了萊歐斯等人的自尊心並且讓他們的劍愈來愈沉重的話，那實在太令人感到洩氣了。

就算是這樣，尤吉歐還是壓根不想模仿這兩個人以輕蔑他人來過生活的方式……不過，他希望在下個月的檢定比賽前能夠搞清楚，由自尊心所產生的實力究竟如何。既然他們現在主動提出要指導自己，可能就是了解這一點最好的機會了。

尤吉歐迅速考慮到這裡之後，又在心裡加了一句「這好像是桐人那個傢伙才會有的想法」，接著才再次打開閉上的嘴巴：

「……這的確是相當難得的機會。那麼我就恭敬不如從命，要麻煩兩位指點一二了。」

一聽他這麼說，萊歐斯與溫貝爾馬上揚起眉毛。看來尤吉歐的反應出乎他們意料之外，但兩人的嘴唇馬上就出現了淡淡的笑容。

首先是溫貝爾用力伸展雙臂，接著用尖銳的聲音說：

「哈哈，當然沒問題了！你就在這裡展示劍招吧。對了，那首先從簡單的『猛炎之劍·第三式』開始好了……」

「不，吉傑克次席修劍士。」

尤吉歐輕輕抬起右手，仔細考慮過用字遣詞後才慢慢說出：

「難得兩位這麼大方，我希望能夠不要只講評劍招，而是親身來體驗吉傑克次席高貴的劍法。」

「…………你說什麼？」

溫貝爾臉上嘲諷的笑容漸漸淡去，取而代之的是想探查尤吉歐意圖的懷疑，以及猛獸用爪子戲弄獵物時的殘忍表情。

「你說……直接體驗嗎？這也就是說……想被我的劍砍砍看囉，尤吉歐修劍士？」

「可以的話當然希望能夠點到為止，但我是請求指導的人，怎麼好意思厚著臉皮多說些什麼呢。」

「哦哦，原來如此、原來如此。也就是初擊勝負也沒關係囉。」

這時他梳得相當服貼的灰色頭髮似乎有些翹起來了。原本就相當細的雙眼這時已經瞇得像是絲線一樣，而且還射出異常兇暴的視線。尤吉歐充滿自信的態度雖然讓他有所疑慮，但殘虐的個性似乎已經掩蓋了這份憂心。

「身為次席修劍士以及四等子爵家的子弟，本來就有義務要回應他人的請教。好吧，那我就在尤吉歐修劍士面前展露一下自己的劍技好了。」

話才剛說完，他便馬上以誇張的動作拔出插在腰帶上的木劍。他的劍雖然跟尤吉歐一樣是白金橡樹所製，但劍身側面還雕刻了相當細緻的圖樣。

這時站在溫貝爾身邊的萊歐斯似乎想說些什麼，但馬上又改變想法而把話收了回去。他慢慢往後退了三梅爾左右，當溫貝爾把視線看向他時，他也只是帶著微笑輕輕點了點頭。

得到老大承認後愈來愈是得意的溫貝爾，馬上把劍尖對著雙手輕鬆朝下並且直挺挺站在那裡的尤吉歐，接著大聲叫道：

「那麼要開始囉！就讓你親身體驗一下……海伊．諾魯基亞流的真髓！」

他將雙腳前後打開，然後又將只用右手握住的劍擺出扛在肩膀上一樣的姿勢。這正是諾魯基亞流祕奧義「雷閃斬」的起手式。之所以不像剛才所說的大話那樣使出海伊．諾魯基亞流威力強大的「天山烈波」，應該是顧慮到尤吉歐的安全——不對，應該只是想要藏招而已吧。

話雖如此，雷閃斬也絕對不是什麼好對付的招式。即使是沒有劍鋒的木劍，被直接擊中頭部的話也會損失一半天命，然後暫時喪失意識。「減少他人天命」當然是嚴重違反禁忌目錄，但在雙方同意的比賽當中則可以允許擊中對方的身體一次。當然溫貝爾完全沒有點到為止的打算。

次席修劍士擺在肩上的雕花木劍已經開始放出藍光。從擺出起手式到發動奧義只需要短暫的時間來看，溫貝爾的確有次席修劍士的實力。但是尤吉歐早就預測出劍即將劃出的軌道。因為雷閃斬就跟艾恩葛朗特流眾多祕奧義裡的「垂直斬」完全一模一樣。

「……嘿呀！」

溫貝爾的劍隨著尖銳叫聲揮出。

但尤吉歐的右手已經搶先一步動了起來。他從左腰拔出木劍，經過短暫的蓄力隨即發動了祕奧義。他直接由斜下往上砍的劍擋下了溫貝爾從正上方落下的攻擊。這是艾恩葛朗特流的

「斜斬」。

不知道為什麼，桐人教給自己的所有祕奧義都不是由泛用語而是以神聖語來命名。而且理由似乎連桐人本身都不知道。當然這可能是因為成為「貝庫達肉票」的他已經喪失了出現在盧利特村前的記憶。如果是這樣的話，只能說他沒有連劍技都忘掉實在是太幸運了。

斜斬雖然和雷閃斬同樣是單發劍技，但它最大的特徵是能夠由右上往左下，或者由左下往右上等兩個方向來發動砍擊。尤其後者剛好能配合從腰間拔劍的動作，所以能大幅縮短發動時間。

通常看見對方發動祕奧義後就已經來不及以祕奧義來接招，只能用力往後或者往左右兩邊跳來閃躲——就算這樣也幾乎無法避開。但是尤吉歐晚了一步使出的斜斬卻帶著淺藍色軌跡與溫貝爾的雷閃斬在空中產生激烈撞擊，發出了不像木劍衝撞的聲音與光芒。

「嗚哦……！」

溫貝爾簡短地叫了一聲，臉上驚訝的表情馬上變成了憤怒，接著用渾身的力量把劍壓下來。相抵的兩把劍上依然包裹著藍色以及淡藍色光芒。只要一方的劍再被往後推幾限的距離，那麼祕奧義就會瞬間中止，接著劍便會被整個彈開。這時尤吉歐也拚命踏穩雙腳的腳步，想把右手的劍完全揮盡。

發出兩聲「喀、喀」的鈍重聲響後，溫貝爾的劍便往後退了兩限。雷閃斬的藍色光芒變小並且開始閃爍，劍技看來馬上就要中斷。

——單純比拼力量的話果然還是我占上風！

雖然是意料中的事，但像這樣獲得證實之後尤吉歐也更加有自信了。即使比不上貴族們連手指腳趾角度都異常講究的動作，但在故鄉森林裡藉由每天揮兩千下沉重斧頭所鍛鍊出來的腕力絕對不會輸給他們。就連以一身鋼鐵般肉體為傲的哥魯哥羅索都曾稱讚過尤吉歐的身體「雖然瘦但經過相當的鍛鍊」。

貴族出身且修練海伊．諾魯基亞流的學生裡有人認為平民出身的哥魯哥羅索所練的巴魯提歐流只是「鄉下劍法」。雖說腕力在追求美感的劍技演練裡的確派不上用場，但在比賽當中卻是相當有用的武器。而且桐人傳授給自己的艾恩葛朗特流是以臨機應變見長，無論在什麼情況下都能夠讓自己的木劍與對方相抵。

——就算還找不到「灌注於劍上的力量」，但靠兩個人鍛鍊出來的技巧與力量應該不會輸給任何一名貴族了！

內心有了這種確信的尤吉歐隨即用盡全身的力量想把劍揮起。

但下一個瞬間……在相抵的劍後方，溫貝爾臉上忽然出現了足以稱為凶相的異常表情。

「別太得意忘形了……！」

他的眼睛與眉毛上揚到界限，然後從外露的牙齒之間迸出金屬質的怒吼。同一時間，幾乎已經消失的藍光忽然帶著黑色光亮再度復活了。

嘰嘰。這次換成尤吉歐的木劍發出遭到推擠的聲音。他的右臂受到加倍的抵抗，手腕與肩膀馬上感到一陣劇痛。原本往下壓的兩限距離瞬間被推回，兩把木劍再次回到原來的位置緊緊相抵著。

——這到底是什麼力量？

在緊要關頭止住頹勢的尤吉歐瞪大了眼睛。平常根本沒有揮汗練習，來練習場也不過就是檢查劍招動作的溫貝爾不可能有這樣的腕力。如果不是肉體的力量……那這就是桐人所說的，「自尊心所產生的力量」囉。尤吉歐實在無法容忍溫貝爾推崇自己貶低他人的個性，但這種個性竟然能讓他的劍帶有壓過日常鍛鍊的威力嗎？

真令人不敢相信。絕對不相信創世神史提西亞竟然會允許這樣的道理存在。

當尤吉歐正想否定眼前的狀況時，露出滿臉凶相的溫貝爾頭髮整個翹起來並且低聲說著：

「以為用這種卑劣的偷襲就能夠攻破我的劍嗎？」

「卑……卑劣……？」

「沒錯。先露出快被擊中的模樣，然後才忽然使出這種不屬於任何劍招的技巧不是卑劣是什麼？」

「你……你錯了！這是我的流派……『艾恩葛朗特流』的戰鬥方式！」

尤吉歐反射性這麼大叫。如果海伊・諾魯基亞流是重視技巧威力與華麗程度的流派，那麼艾恩葛朗特流就是首重擊中對方的實戰流派。因此才會追求發動祕奧義的速度，而且也擁有其他流派所沒有的「連續技」。

也就是說，艾恩葛朗特流唯一傳承者桐人「不矯情、不自誇、總是朝目標勇往直前」的生活態度就是該流派的理念。他就算遇到挫折也毫不放棄，只會不斷地繼續挑戰。如果不是跟在他身邊，別說是聖托利亞了，尤吉歐甚至連薩卡利亞鎮都到不了。

正因為如此，尤吉歐才會這麼激動地反駁批評艾恩葛朗特流是卑劣流派的溫貝爾。

但是心情的動搖已經影響到身體，他的劍隨即被微微往回推。結果換成包裹在尤吉歐木劍上的淡藍色光芒開始閃爍了。這時他只能張開雙腳並且後仰身體，拚命試著不再讓劍往後退。

溫貝爾露出輕視的笑容後，立刻用刮玻璃般的聲音呢喃著：

「這種狼狽的模樣已經顯露出你的流派有多卑下囉。你可能覺得運氣好的話有機會在接下來的比賽裡取代我或萊歐斯少爺……但絕對不會有那種事發生。因為我現在就要粉碎你的右肩，讓你好一陣子沒辦法拿劍。」

「嗚……！」

尤吉歐雖然咬緊牙關拚命抵擋攻勢，但溫貝爾的劍卻愈來愈是沉重。使出劍法祕奧義時就算被推回來，只要能保持在斬擊的軌道上就還能維持相當長的一段時間，但尤吉歐的劍被溫貝爾的雷閃斬由上往下壓後，早已經偏離了軌道。接下來只要再被往後推一限，不對，只要再五米釐賽左右斜斬便會中斷，尤吉歐的右肩也會正如溫貝爾所說的遭到痛擊。

修劍學院裡當然有非常優良的醫務室，而且裡頭也備有各種藥物，更有專門的神聖術治療師常駐於此。但藥物與術式的效果依然有其界限，如果是骨頭碎裂的重傷，不使用直接注入他人天命這種危險神聖術的話將無法立刻復原。現在要是受了這樣的傷，很可能就沒辦法參加下個月的檢定比賽——

——我真是個大笨蛋！劍士哪能害怕受傷呢！

尤吉歐甩開瞬間襲上心頭的恐懼感，盡量把自己的意識集中在劍上。

剛才明明可以就這樣離開，但是自己卻選擇了接受溫貝爾的挑釁而提出比賽的要求。現在如果因為對方的言語攻擊產生動搖並且害怕落敗的話，那實在是太丟臉了。既然已經拔劍，就只能盡力表現自己的技巧與力量，至於結果就只能順其自然。這就是艾恩葛朗特流的精神。

——而且我還沒有盡全力呢。

尤吉歐隨即不去注意露出殘虐笑容的溫貝爾，只把意識集中在右手的木劍上。這時不論是橡樹的硬度與重量、手臂上感覺到的晃動與摩擦，甚至是斜斬快要消失的威力都變成細微的震動傳遞到尤吉歐心裡。

要將自己和劍融合為一體。好友兼師父桐人經常這麼對自己說。

雖然還未能到達那樣的境界，但可能是每天揮劍的關係吧，尤吉歐偶爾能夠聽見手裡的劍發出「不是那邊」、「要這麼動才對」的聲音。

此時此刻，手裡的木劍——似乎又在對尤吉歐說話了。

一直承受由上往下砍的劍技當然會處於劣勢。要變換招式啊。

「——嗚哦！」

尤吉歐立刻發出叫聲並展開行動。他反轉右手手腕，以右側劍身承受溫貝爾的劍。斜斬在這個瞬間遭到中斷，對方的雷閃斬帶著藍黑色光芒逼近尤吉歐的右肩口。

但尤吉歐卻順勢滑動木劍來到肩上。接著迅速發動艾恩葛朗特流祕奧義「垂直斬」——

溫貝爾的劍碰到他練習服的右邊袖子，扯斷了幾限的藍色布料。

但尤吉歐帶著鮮藍色光芒的劍已經猛然將對方的劍推了回去。

「姆啊！」

出乎意料之外的反擊讓溫貝爾瞪大了眼睛。其實溫貝爾他們應該已經知道艾恩葛朗特流擁有獨自的「連續技」，但沒想到原本的祕奧義還可以直接連結其他祕奧義。其實尤吉歐也完全沒想過有這種可能性。只不過在戰鬥中身體自然地如此反應。

溫貝爾的劍瞬時退後了五十限以上，雷閃斬的光芒也立刻消失。他整個人跟著失去平衡，雙腳隨即離開地板。

但這對溫貝爾來說不知道該不該算是幸運——他的雙腳要是沒有離地的話，左肩應該會被尤吉歐的劍所擊中，但這時整個人卻被垂直斬的威力往後彈飛了三梅爾以上的距離。

如果溫貝爾就這樣倒地的話，這場比試無疑就是由尤吉歐取得勝利，但幾個踉蹌後他便死命地不讓自己跌倒。這時他的身體已經後仰到了界限，只能保持著危險的均衡。

這時候繼續追擊的話一定能夠獲勝，尤吉歐雖然這麼想，但劍已經揮到正下方的他正準備再次進攻時，一道尖銳的聲音卻搶先一步在修練場中響起。

「到此為止。這場比賽算是平手。」

這種惺惺作態的台詞當然是來自於紅色嘴唇露出淺笑的萊歐斯．安提諾斯了。這時好不容易恢復平衡的溫貝爾則是一臉不滿的大叫：

「萊、萊歐斯少爺！本大爺，不對，我怎麼可能和這種鄉下劍士打成平手……！」

「溫貝爾。」

首席修劍士才用平穩的口氣叫了一聲名字，次席馬上就低下頭來。只見他換由左手持劍並將其靠在腰上，然後把右拳放在胸口隨便行了個騎士禮，根本不等待尤吉歐回禮便轉身離開了。

看見溫貝爾來到自己左後方的固定位置後，臉上依然帶著微笑的萊歐斯隨即瞥了尤吉歐一眼，接著做出假裝拍手的動作並且說：

「尤吉歐修劍士，你稀奇的劍技頗為有趣啊。畢業之後要不要到帝國馬戲團去尋找天職呢。」

「……謝謝你這麼替我著想，安提諾斯修劍士。」

雖然為了抵抗而省略了「首席」這個稱謂，但萊歐斯卻絲毫不在意，只是高雅地點了點頭，接著就開始朝出口走去。而跟在他身後的溫貝爾則將眼睛撐到最大來瞪著尤吉歐。練習用的柔軟皮鞋在地板上發出啾啾聲的萊歐斯，經過站在修練場中央的尤吉歐身邊馬上停了下來並且低聲呢喃著：

「下一次就輪到我讓你看看貴族的力量了。」

「……我現在就能繼續比賽唷。」

揮完四百下劍並且結束一場突然而來的比賽後，老實說尤吉歐已經是疲憊不堪，但他還是硬撐著這麼回答。但萊歐斯先是冷冷笑了一下，接著便再次開始走動並且以細微的聲音說：

「不是只有揮劍才叫做戰鬥唷，沒有姓氏的傢伙。」

首席修劍士又用喉嚨冷哼了一聲後才離開，而目露凶光的溫貝爾則跟在他身後。但此時溫貝爾只是一言不發地從尤吉歐身邊經過。不久後方傳來開關門的聲音。

在終於重新降臨的寂靜當中，尤吉歐用力呼出一口氣並且考慮了起來。

剛才第一次靠著兩劍相交而感覺到源於「貴族自尊心」的力量。結果發現它比想像中還要沉重許多。當時如果繼續以斜斬來應戰的話，恐怕木劍已經被推回來，右肩的骨頭也已經粉碎了。正如劍告訴自己的那樣，由下承接上方的劍勢本來就比較不利，但自己屈居劣勢的原因不只是這樣而已。溫貝爾打心底鄙視尤吉歐並將他貶為下等人的個性就像詛咒般綑綁住他的劍與身體。

這次雖然被艾恩葛朗特流能從各種體勢發動祕奧義的自由度所救，但接下去一年裡的檢定比賽總不能一直倚賴這種怪招。將來一定會遇見必須靠正攻法來打敗對方的場面。

在那之前，尤吉歐非得找出「灌注於劍上的力量」，才能和溫貝爾與萊歐斯那深不見底的自尊心互相對抗。

尤吉歐舉起依然握在右手上的木劍，然後用左手慢慢摸著已經出現大量磨損的劍身並呢喃著：

「……謝謝你。今後也要拜託了。」

當他把劍插回腰帶上並且往前走時，短短的鐘聲宣告目前已經是六點三十分了。在自己房間拚命看書的桐人差不多要覺得肚子餓了吧。於是尤吉歐便快步穿越白木地板，在門前對著無人的練習場行了個禮後隨即往專用食堂前進。

他先穿越短短的連結走廊，回到上級修劍士宿舍。宿舍的一樓沒有住宿生的房間，取而代之的是大浴場與食堂、談話室等設施。

初等練士只能在固定時間用餐，而且每天也只有固定的菜色，但修劍士宿舍裡不但時間自由，菜色也相當豐富。食堂從六點開放到八點，而且可以從每天更換的菜色當中挑選自己喜歡的食物請專任的廚師大叔現場製作。另外不論是要在食堂吃或者是拿回房間用餐都不受限制。

幸好萊歐斯等人好像先到浴場去了，目前食堂裡沒有其他的修劍士。尤吉歐一邊走向調理室的窗口，一邊確認貼在公告欄上的今日菜色。主菜有烤羊肉、炸白肉魚、滷雞肉丸子等選擇。

嗯……那傢伙主菜應該會選滷丸子，然後就是大量加了起司的生菜、醋拌歐利果，再來飲料應該是冰西拉魯水吧。

迅速想到這裡後，尤吉歐雖然對自己不知不覺間就熟知夥伴對食物的好惡覺得有些無奈，但還是從窗口探出身子並且叫道：

「晚安！我要外帶兩人份的晚餐，首先主菜是……」

2

由於不知道他們會進行什麼樣的報復，所以尤吉歐已經事先做好心理準備，但突發性的比賽之後過了好幾天，萊歐斯等人還是沒有任何動靜。

他們甚至連一句嘲諷的話都沒有說，最多也不過就是在修劍士宿舍或者中央校舍擦身而過時溫貝爾會怒目相視而已。為了保險起見，尤吉歐已經跟桐人說過修練場的事件並且要他也多小心，但他們似乎也沒有準備對桐人出手。

「總覺得有點不對勁……我不認為那兩個傢伙會因為我一度和溫貝爾打成平手就不再找我們麻煩。而且萊歐斯也說了像是要報復的宣言了……」

當尤吉歐將背靠在老舊布製外皮的長椅子上並露出不解的表情時，坐在對面的桐人正一邊拿起陶製茶杯一邊開口表示：

「我也不覺得那兩個傢伙會因為這樣就洗心革面。不過仔細一想就會發現，其實在這棟修劍士宿舍裡很難做出什麼報復的行為。」

他含了一口沒有加牛奶的咖啡爾茶，像是很享受它的味道般一口喝了下去。

經過包含突發事件在內的一個禮拜後，目前終於來到放假前一個晚上的九點三十分。這時他們已經結束每天的練習並且用完餐、入過浴了，平常這個時間，兩個人早在自己房裡進入深沉的夢鄉，但放假前的夜晚待在客廳裡邊喝茶邊閒聊已經變成每個禮拜的慣例。

尤吉歐也拿起自己的杯子，稍微舔了一下當中熱騰騰的液體，但馬上忍不住繃起臉來。夥伴相當喜歡這南帝國特產粉茶，當他負責泡茶時一定會泡這種咖啡爾茶，但尤吉歐一直覺得直接喝實在太苦了。他先從小壺裡倒進許多牛奶，然後邊用湯匙攪拌邊用視線催促夥伴繼續說下去，但桐人卻先丟出了一個意想不到的問題。

「嗯……比如說，你小時候在盧利特村的學校裡曾做過什麼樣的惡作劇？」

喝了一口不再有苦味，只留下不可思議芳香的咖啡爾茶後，尤吉歐才聳了聳肩並且回答：

「我幾乎都是被惡作劇的人。桐人你應該還記得，在旅行前的祭典裡對我提出挑戰的侍衛長吉克吧。那傢伙經常整我啊……像是把我的鞋藏起來，或者在便當袋裡放暴躁蟲，不然就是我和愛麗絲在一起時就在旁邊起鬨。」

「哈哈哈，不論哪個世界，小孩做的事情都是一樣耶……不過，應該沒有被人打過吧？」

「那還用說。」

瞪大眼睛的尤吉歐這麼回答。

「怎麼可能做出那種事。因為……」

「——因為禁忌目錄已經明文禁止了。『除了另列的事項之外禁止故意減損他人之天命』。不過……等一下哦，把鞋子藏起來沒關係嗎？偷竊應該是重大的禁忌吧？」

「偷竊指的是隨便把屬於他人的物品占為己有唷。『史提西亞之窗』裡表示所有者的神聖文字是要帶著該物品或是放在自宅二十四小時之後才會產生變化。所以就算是雙方同意之下讓渡的物品，在一天內還是擁有要求對方歸還的權利，如果在沒有獲得同意的情況下取走物品，只要馬上放到自宅以外的地方就只會造成所有者證明消失而不會成為竊盜。你不會連這麼基本的法條都忘記了吧？」

尤吉歐認真看著身為「貝庫達肉票」的桐人，結果夥伴只是抓了一下黑髮，接著便露出不好意思的笑容：

「對、對哦。是這樣沒錯。我當然沒忘啦，怎麼可能會忘呢……咦咦？那童話故事裡從白龍巢穴拿走藍薔薇之劍的貝爾庫利就不算違反禁忌目錄嗎？」

「我說啊，白龍又不是人類。」

「這、這樣啊……」

「那回到剛才的話題上吧，把物品藏起來的惡作劇雖然不會違反禁忌目錄，但放在不屬於任何人的戶外，不久之後物品的天命就會開始減少，在那之前不物歸原主的話就會變成『損毀他人的所有物』了。就因為這樣，所以我的鞋子最晚也是傍晚的時候就會回來了……不過，這件事和萊歐斯等人變乖了有什麼關係呢？」

當尤吉歐歪頭這麼問道，桐人就好像忘了是自己開始這個話題般眨著眼睛並且說：

「對、對哦。嗯……這座學院裡除了禁忌目錄之外還有一大堆院內規則對吧。其中也有『沒有獲得允許的情況下禁止進入其他學生或職員的私人房間』的條例。也就是說萊歐斯等人沒有辦法進來，而我們的私人物品又全部放在房間裡。如果說有什麼重要的東西放在毫無防備的公共場所也就算了……」

桐人不知道為什麼停頓了一下，接著才又開始說明：

「……不過我們當然不會做這種事。所以萊歐斯等人沒辦法像盧利特村的吉克欺負年幼可愛的尤吉歐那樣對我們的所有物動手腳。」

「年幼可愛幾個字是多餘的。嗯……說的也是。之前都沒想到這一點，在這棟修劍士宿舍裡，好像除了說說壞話之外也沒什麼能報復的了。」

「而且說的壞話要是太過分，也會變成無禮行為。屆時我們便有機會行使『懲罰權』了。」

加上這麼一句話的桐人笑了起來。

懲罰權是學院的規定當中，只有上級修劍士才擁有的，可以算是教師代理權的權限。只要學生有不至於違反校規，但也無法輕饒的無禮舉動，修劍士就能依照自己的判斷來施予處罰。

剛才指出這一點的桐人，不久之前就曾經因為將一大塊污泥潑到前任首席渦羅．利邦提的制服上，而被命令與他進行一場先擊勝負的比賽來做為處罰。

修劍士的懲罰權基本上是為了指導初等、高等練士，但學院規則上沒有明文限定僅以練士為對象。也就是說，理論上修劍士也能對修劍士課予罰則，所以萊歐斯與溫貝爾所說的嘲諷或壞話才會比去年客氣了許多。

由於桐人的杯子已經空了，所以尤吉歐就又幫他倒了一杯茶，夥伴在裡頭加了些許奶油後便開始緩緩攪拌了起來。他一邊用指尖靈活地攪動銀色小湯匙，一邊又考慮了一陣子，最後才點點頭並且說道：

「如果不能破壞物品，那就只有攻擊我們了。這樣的話，最快的辦法就是要求與我們進行先擊勝負的比賽並且確實擊中我們，但他們已經對尤吉歐試過這個方法而且也只能打成平手。其他還能想得出來的……大概就只有用錢財來攏絡我，讓我跟尤吉歐翻臉而已吧。」

「咦……」

反射性發出膽怯聲音的尤吉歐雖然急忙閉起嘴巴，但桐人已經笑著用自大的口氣對著他說：

「少年啊，不用擔心啦。哥哥我是不會拋棄你的。」

「我、我才沒有擔心呢！但是……如果不是用錢財，而是在你面前放了一大堆戈特羅商店的特製肉包的話呢？」

「那我就有可能會被打動囉。」

聽見尤吉歐的問題後，桐人先是一臉認真地點了點頭，接著才又愉快地笑著說：

「唉呀，別開玩笑了，看來不用擔心他們兩個對我們的所有物或是我們本身直接進行報復才對。」

但桐人這時候又收起笑容，以嚴肅的聲音表示：

「但反過來說，這也就表示他們很可能會採取不違反禁忌目錄與學院規則的方法。那兩個傢伙也壓根沒有打算交出首席和次席的位子……你想想看還有沒有遺漏了什麼可能性。」

「嗯，我知道了。距離第一次檢定比賽已經剩下不到一個月的時間了。我們要多小心，才能以萬全的態勢來迎戰萊歐斯他們。」

「嗯。不過……也有可能只是放狠話來造成我們精神上的疲勞而已。所以別忘了保持平常心，只要Stay cool就可以了。」

喝光飲料的桐人嘴裡所說出的奇妙語句讓尤吉歐只能用力眨著眼睛。

「你說什麼？s……sta……？」

剛這麼反問，夥伴的視線不知道為什麼就開始游移，一陣子後才乾咳了一聲並說道：

「剛才那句話呢，嗯……算是艾恩葛朗特流的心法之一唷。那是『要保持冷靜』的意思。」

不過也可以當成分手前的招呼……就像是『再見』那樣。」

「這樣啊。我了解了，我會記住的。s……Stay cool。」

雖然是第一次聽見這和祕奧義同樣為神聖語所組成的詞句，但試著說出口之後就有一種不可思議的熟悉感。當尤吉歐小聲重複了幾遍時，桐人不知道為什麼就出現了不好意思的表情，接著啪一聲拍了一下手。

「那麼，十點的鐘聲也響了，我看就散會吧。還有尤吉歐啊，要跟你說一下我明天忽然有點事……」

「不行唷，桐人。這次絕對不會讓你逃走了。」

尤吉歐一邊收拾茶具一邊狠狠瞪了一下夥伴。

明天的休息日，他們預定要和兩名隨侍劍士緹潔與羅妮耶一起到郊外去舉行親睦會——雖然地點只是在學院用地內的森林裡。從對方邀約時桐人的模樣來看，尤吉歐就猜測他應該會在事前隨便找個理由來逃走，於是尤吉歐這時便嘆了口氣然後告訴他：

「我說啊，我們兩個成為緹潔她們的指導生也已經一個多月了。去年指導桐人的索爾緹莉娜學姊不也對你很溫柔嗎？」

「除了練劍的時候之外啦。好懷念那段日子哦……不知道學姊最近過得好不好呢……」

「別緬懷過去了好嗎？我的意思是現在換你當人家的優良學長了。聽好囉，明天早上九點她們兩個人會來找我們，你得在那之前先準備好！」

看見尤吉歐嚴厲地用食指指著自己，桐人只能回答一聲「好啦——」，然後就從長椅子上站起身來。兩人一起把茶具拿到客廳角落的流理臺，接著桐人負責清洗而尤吉歐則用布將它們擦乾。在盧利特和薩卡利亞時，清洗物品都必須使用預先打上來的井水，但聖托利亞幾乎所有建築物都配備有扭開開關就會有乾淨水源流出的金屬管。一開始看見時，還以為和「宣告時刻之鐘」一樣是神器，但其實是用風素系神聖術對各區的幾口巨大水井施加壓力，藉此將水擠進無數的管線當中。

因此從水龍頭流出來的都是新鮮的水源，不用像打上來預備的水那樣還得在意天命的劣化。如果盧利特也能有這樣的設施，每天早上被派去打水的小孩不知道會有多高興——這麼想的尤吉歐結束清洗工作，並且把乾淨的杯子等器具排到架子上。

最後直接由水龍頭咕嘟咕嘟喝了幾口水的桐人，擦了擦嘴角後便伸了個大大的懶腰。

「那明天早上八點叫我起床。晚安囉，尤吉歐。」

「八點太晚了，七點半！晚安了，桐人。」

如此回應之後，尤吉歐忽然又加了一句：

「……Stay cool。」

結果朝自己房間走去的夥伴直接轉過頭來，一邊苦笑一邊對他說：

「雖說是分手時的打招呼用語，但不是每天晚上睡覺前說的話啦。等真的要互相告別的時候再拿來用吧。」

「這樣啊，真麻煩耶。我知道了啦……那明天見囉。」

「嗯，明天見。」

桐人輕輕揮了揮手然後回到北側的房間裡，而尤吉歐先是關上牆壁上的油燈，接著也打開對面的門。

由於緹潔總是相當仔細打掃大概有初等練士宿舍的十人房一半大小的寢室，所以裡面可以說是一塵不染。把居家服換成白色長睡衣後，尤吉歐隨即用力躺到柔軟的床上。

雖然睡意馬上襲上心頭，但不知道為什麼剛才對話的一部分又重新在耳朵深處響起。

——但反過來說，這也就表示他們很可能會採取不違反禁忌目錄與學院規則的方法。

那是桐人要自己對萊歐斯與溫貝爾保持警戒時所說的話。當場雖然點了點頭，但尤吉歐其實有點無法理解他的想法。

從小至今，尤吉歐也曾多次試過要找尋盧利特村村民規範、薩卡利亞衛兵隊規或者是修劍學院院規的漏洞。但從來沒有過違背人界最高級的法律，也就是禁忌目錄的想法——不對，應該說只有一次而已。

那唯一的一次就是在八年前，來到村子裡的公理教會整合騎士準備將愛麗絲帶走的時候。

尤吉歐當時雖然想用雙手握住的龍骨斧攻擊騎士來拯救愛麗絲，但卻完全無法動彈。就算到了現在，只要想起那個瞬間，不知道為什麼右眼深處便會感到一陣刺痛。

當然現在自己已經對整合騎士與教會沒有任何反叛之心。因為那個騎士也是按照法律規定而帶走愛麗絲，所以自己也要用正當手段獲得進入教會大門的資格然後再度與愛麗絲見面。尤吉歐就是為了這個目的才離開村子，克服了許多苦難當上了學院的上級修劍士。

但是，如果如桐人所說的，萊歐斯與溫貝爾真的認為「只要不抵觸禁忌目錄，自己要做什麼都無所謂」的話……那也就表示他們其實百般不願意遵守公理教會由創世時代就制定下來的絕對法律囉？他們內心可能覺得禁忌目錄不過是個麻煩的東西嗎……？

怎麼可能，就算是萊歐斯等人也不可能有這種想法。禁忌目錄是絕對不容許質疑，就算是皇帝也必須尊重的至高、至正的法典。

尤吉歐一邊看著在淡淡月光照射下變成藍色的天花板，一邊輕輕咬了一下嘴唇。如果這種思想能夠存在，那麼那一天即使看著愛麗絲被整合騎士帶走也一步都無法動彈，之後六年裡也只是遵守村民規範持續砍著基家斯西達的自己到底是為了守護什麼而這麼做呢。

右眼深處馬上又感到輕微的疼痛。尤吉歐用力閉上眼睛，接著甩開混亂的思緒，讓自己陷入混沌的睡眠深淵當中。

在高大鐵柵欄圍繞下的修劍學院校地大概有三成左右是蒼鬱的森林。雖然帶著金色苔類的大量古木、綠色草地以及光線由樹葉縫隙透下來搖動的模樣都會讓人想起故鄉的森林，但央都聖托利亞不愧是在盧利特的遙遠南方，連生長在這裡的小動物種類也相當豐富。這時有許多北域沒見過的嬌小狐狸以及青綠色的細長蛇類正在曬太陽，即使已經來到央都一年，尤吉歐的視線還是忍不住被吸引了過去。

「尤吉歐學長，你有在聽嗎——？」

身邊忽然傳來這樣的聲音，尤吉歐只能急忙把視線拉回來。

「抱歉抱歉，我有在聽。嗯……妳剛才說什麼？」

「根本沒有在聽嘛！」

晃著熟透蘋果般紅色頭髮提出抗議的少女，正是尤吉歐的隨侍練士緹潔．休特里涅。尤吉歐把視線從她那和髮色相近的瞳孔上移開並且試著說出藉口：

「那、那個，因為森林實在太漂亮了，忍不住就……而且還有相當珍奇的動物……」

「珍奇？」

緹潔順著尤吉歐剛才的視線看去，但馬上就很失望般聳了聳肩。

「咦——只不過是普通的金鳶狐而已嘛。那種動物就算是生長在市區的樹林裡也能看見一大堆唷。」

「這樣啊……話說回來，緹潔是央都出身的吧。家裡離學校近嗎？」

「我家住在八區，離學院所在的五區有點遠。」

「原來如此……嗯，奇怪了？」

尤吉歐再度看向走在身邊的緹潔。去年穿在自己身上有時會覺得土氣的初等練士制服，不知道為什麼在她身上就顯得相當高雅。不過這也是理所當然的事，如果不是和緹潔一樣是學院的學生，身為開拓農民之子的尤吉歐根本沒有辦法和她說話。

「那個……緹潔是貴族出身的吧？我聽說貴族的宅邸都集中在三區和四區啊……」

以謹慎的口氣這麼問完後，緹潔像是很不好意思般縮了縮脖子。她先是輕輕點了點頭接著又不斷地搖頭。

「我父親他雖然是六等爵士……但下級貴族根本算不了什麼。能夠住在帝國行政府附近的只有到四等爵士，五等、六等爵士其實有許多權利上的限制。父親的口頭禪是『說起來平民比我們輕鬆多了，因為他們不用害怕擁有裁決權的上級貴族』……啊，對、對不起，我怎麼……」

緹潔似乎認為對祖先代代是平民的尤吉歐說出了相當失禮的發言，於是一邊走一邊深深低下了頭。

「別在意啦。倒是……不是所有的貴族都有裁決權嗎？」

尤吉歐一邊回想去年學過的帝國基本法條文一邊這麼詢問，結果對方立刻大聲回答：「怎麼可能呢！」

「只有一到四等爵士擁有裁決權，五等以下的爵士反而是上級貴族行使裁決權的對象。我的父親他雖然在行政府裡擔任書記官，但聽說在帝城或者其他部會工作的五、六等爵士經常會因為一些小事而惹上級貴族不高興並且遭到判罪。不過他們都是大人了……所以也不是什麼肉體上的刑罰，幾乎都是以減薪的形式……」

「這、這樣啊……看來貴族的世界也很辛苦啊……」

瞄了一眼瞪大眼睛的尤吉歐後，紅髮的初等練士不知道為什麼變得有些臉紅，她馬上就快速地說：

「所、所以……像我這種六等爵士家的繼承人，根本只是名義上的貴族，生活幾乎和一般平民百姓沒有不同唷。」

「哦、哦……」

尤吉歐沒有回答「這樣啊」或者「不是如此吧」，只是發出曖昧的聲響，接著又考慮起這個國家的組織構造。

帝國行政府所發布的「帝國基本法」制定了諾蘭卡魯斯北帝國的社會制度。不過所有犯罪以及相關的罰則都已經收錄進更高等的禁忌目錄當中，所以帝國基本法大部分是關於國民身分制度的規則。換言之也就是貴族以及平民的權利。

初等練士時代，某名黑髮的男學生曾經這麼問過教授法學的（其實其他也只有「神聖術」以及「歷史」兩個科目）老教師。他說「老師，為什麼帝國裡有貴族和平民的分別呢？」。

本身也是下級貴族的教師一瞬間說不出話來，但馬上就又用嚴厲的口氣這麼回答：

——根據公理教會自古以來的預言，將來黑暗大軍會從盡頭山脈的四條通路……「北方洞窟」「西方峽谷」「南方迴廊」以及「東方大門」大舉進攻過來。為了殲滅那些恐怖的亞人族，四帝國全部擔任侍衛與衛兵「天職」的人民，都將以「人界軍」的身分來作戰。貴族們為了要在那個時候站在人界軍前頭擔任指揮官，所以每天都過著鑽研劍技、學習術式與鍛鍊身心的日子。

聽到這裡，尤吉歐心裡雖然相當佩服，但還是覺得有難以接受的部分。

兩年前，尤吉歐已經和桐人一起在老教師所說的「北方洞窟」裡和從暗之國入侵的哥布林集團戰鬥過了。雖然尤吉歐當時戰鬥到一半就因為受到隊長哥布林的一擊而昏倒，但即使是現在，他也能清晰地想起亞人們恐怖的外表以及野獸般嘶啞的聲音。和桐人商量過之後，兩人決定在學院裡絕對不提起關於那場戰鬥的情形，因為要是詳細描述當時的戰況，大概有一半的女孩子會昏倒吧。

當然尤吉歐再也不想有相同的經驗了。所以他對貴族有勇氣站在軍隊前方與恐怖的哥布林，甚至更巨大更兇暴的半獸人、食人魔作戰感到相當敬佩。

但是從另一方面來看，自創世神史提西亞創造出這個人界之後已經過了三百八十年的時間。在這段時間裡面，黑暗大軍根本沒有大舉入侵過人界。也就是說四帝國的所有上級貴族們就因為自己沒有直接見過——而且也不知道什麼時候會攻過來的敵人而得以免除每天的勞動，並且還能住在寬廣的豪宅裡對下級貴族行使裁決權……

這時走在旁邊的緹潔就像是看透了尤吉歐的心思般，輕輕嘆了口氣之後才又表示：

「……所以父親是希望身為長女的我在繼承爵位時能夠晉升為不受裁決權限制的四等子爵，才會讓我到這所學院來就讀。如果能被選為學院劍士代表，然後在帝國劍武大會獲得不錯的成績，的確有機會能夠獲得這樣的獎勵……不過入學考成績只排第十一名的我，無論怎麼努力應該都沒辦法達成這個目標了。」

少女稍微吐出舌頭來笑了笑的模樣，讓尤吉歐覺得有些炫目並且瞇起了眼睛。

和自己入學是為了與過去被教會帶走的青梅竹馬再次見面這種極為個人的動機比起來，緹潔為了提升家族的爵位而學習劍技的態度可以說是實現貴族榮耀的最佳範例。

「別這麼說……緹潔很了不起了。為了讓妳父親高興，妳已經努力拼進新生的前十二名了。」

尤吉歐以佩服的口吻這麼說道，結果緹潔馬上尖聲叫著：

「沒、沒那回事！只是劍招演練的題目……剛好是我拿手的招式罷了。從三歲就跟著父親學劍的我也不過是這種程度，說起來尤吉歐學長才真的是了不起呢。衛兵隊的推薦報考錄取名額相當少，但學長卻輕鬆地過關，而且還成為排名第五的上級修劍士。我能夠成為尤吉歐學長的隨侍，真的感到相當光榮唷。」

「唉、唉呀，別這麼說……」

尤吉歐縮起脖子，然後用右手搔著瀏海，當他注意到這個動作很像應該跟在後面的桐人時，馬上急著把手放了下來。

雖然緹潔說成為自己的隨侍「相當光榮」，但她和羅妮耶之所以會變成尤吉歐以及桐人的隨侍練士，說好聽一點是史提西亞神的指引，用平常一點的說法就是偶然產生的結果。

隨侍是新成為上級修劍士的十二名學生按照排名依序由十二名新生當中選擇出來的。也就是說今年是由首席萊歐斯先選，接著則是次席溫貝爾，而尤吉歐與桐人是第五以及第六位進行指名的修劍士。但在跟夥伴商量過之後，兩個人便提出了最後才選擇的要求。這是為了讓其他十名修劍士沒有選到的新生成為他們的隨侍。

結果發到尤吉歐與桐人手上的兩塊木牌，上面就是寫著緹潔與羅妮耶的姓名。當知道兩人都是女孩子時多少有些說不出話來——桐人臉上還出現相當微妙的表情——但尤吉歐還是覺得這麼做是正確的決定。因為其他十個人之所以沒有選擇緹潔與羅妮耶，就是因為十二名隨侍劍士候選人當中，只有她們兩個是六等爵士出身這種不合理的原因。

緹潔她們當然不知道選擇會時的內幕，而且也沒必要讓她們知道。尤吉歐相當滿意由她當自己的隨侍，當然桐人一定……也跟他一樣才對。

所以尤吉歐再度乾咳了一聲，然後就把話題轉移到自己的經驗上。

「……我在入學考的時候其實一點都不輕鬆，可以說緊張死了。當初之所以能夠合格，還有今年能夠像這樣成為修劍士，有一半都是靠桐人他教給我各種劍技……」

結果緹潔馬上瞪大宛如秋天楓葉般的紅眼睛並且大叫：

「咦咦——？那是說桐人學長比尤吉歐學長還要強囉？」

「……妳這種問法，讓我實在很難點頭承認……」

在緹潔在哈哈大笑的同時，尤吉歐也稍微轉頭往後瞄了一眼。到這個時候他才開始擔心起夥伴不知道有沒有陪隨侍說話，但竟然一轉頭就斷斷續續聽見桐人流暢的說話聲音傳了過來：

「所以呢……在面對海伊．諾魯基亞流由上段姿勢所施放的斬擊時，只要事先做好兩種準備就可以了。首先是攻擊來自於正上方或者是斜右上方……如果是從其他軌道的話對方的腳步一定會有所變換，但確認這一點之後才對應也還來得及。至於要怎麼分辨是來自於正上方或是斜右上方呢……」

——嗯，先別管內容如何，羅妮耶似乎也聽得相當專心。

一邊露出苦笑一邊把頭轉回來後，尤吉歐忽然就想了起來。

尤吉歐學劍的目的是為了再度和愛麗絲相見，緹潔與羅妮耶的目的應該是提升自家的爵位。而桐人則每次都表示自己的目的和尤吉歐相同。

尤吉歐當然沒有想過要質疑他的友情，但還是時常會感覺到，桐人修練劍術的目的不是想靠它獲得什麼，而純粹是想要窮究劍道。桐人就是給人這種與艾恩葛朗特流劍術密不可分的感覺。說極端一點就是，這兩者根本是相同的存在。

至今為止，尤吉歐一直把萊歐斯與溫貝爾當成下個月首次檢定比賽裡的預設對手。但仔細一想之後，就能發現隨著比賽進行，自己不只會對上他們兩個人，甚至也很有可能會遇上是夥伴也是師父的桐人。

當然尤吉歐不認為自己贏得了他。不過在對決之前，尤吉歐就已經無法想像自己認真和桐人交手的模樣了。到時候自己將用什麼樣的心態握劍，又將使出什麼樣的技巧才好呢……

「啊，那座池子的附近應該就可以了吧？」

緹潔忽然用右手筆直地指著前方，而這也將尤吉歐從思緒當中拉回現實世界來。順著她纖細白皙的手指往前看去，馬上就發現漂亮的池塘邊長滿了濃密的短草，那裡的確很適合做為野餐的地點。

「嗯，那裡看起來很不錯。喂——桐人、羅妮耶！我們在那座池子旁邊吃午餐吧！」

尤吉歐轉頭這麼大叫，結果最好的朋友臉上立刻浮現熟悉的爽朗笑容並且輕輕舉起了手。

他們將帶過來的大條桌布攤在草地上，接著四個人輪流坐了下來。

「啊啊……餓死我了……」

桐人以誇張的動作按住胃部附近，結果兩名少女馬上笑著把帶過來的籐籃打開，然後迅速開始野餐的準備。

「那個……這是我們做的，不知道合不合兩位的口味……」

從一邊排著餐盤，一邊以害羞語氣如此說道的羅妮耶·阿拉貝魯初等練士身上已經感覺不到平時那種緊張感了。如果藉由今天的郊遊能讓她了解黑漆漆的上級修劍士不像外表那麼難相處，那麼她一定馬上就能跟自己的指導生打成一片了吧。

大大的籐籃裡塞了切成薄片的魚與肉、夾了起司與香草類的白麵包、裹了一層有濃郁香料味道的麵衣後加以油炸的雞肉以及放了許多乾果與樹果的烤蛋糕等等豐富的菜色。

緹潔確定完所有料理的天命，羅妮耶結束飯前祈禱後，所有人才一起詠唱完聖句「亞歲·亞多米娜」——桐人馬上就把手伸了出去。他把大大的炸雞肉丟進嘴裡，閉上眼睛咀嚼了一陣子，才用如同學科教師般的口氣說：

「唔姆，真好吃。這味道簡直跟跳鹿亭不相上下唷，羅妮耶、緹潔。」

「哇啊，真的嗎？」

兩名少女臉上頓時發出光芒，互相瞄了一眼後才很高興般笑了起來。這時尤吉歐也以不輸給桐人的速度伸出手，拿起夾著燻魚與香草的薄麵包咬了下去。

和很久以前尤吉歐一個人在森林裡揮動斧頭時愛麗絲每天送過來的便當不同，白色麵包是塗滿了奶油的都會口味。剛來到央都時還不太習慣這種精緻的美食，但現在已經能坦率地感到相當美味了。尤吉歐心裡一邊想著這應該就是習慣都市生活的證明一邊也對緹潔點頭說：

「嗯，真的很好吃。但要準備這麼多材料一定花了妳們很多時間吧？」

「啊……嗯——其實呢……」

緹潔再度瞄了羅妮耶一眼，結果她馬上就以尊敬的語氣表示：

「正如您所知，初等練士只有假日才能外出，所以我便請桐人學長在昨天放學後到中央市場幫我們購買食材。因為尤吉歐學長當時到圖書館去而不在房間……」

「咦，是……是這樣嗎？」

頓時說不出話來的尤吉歐只能看著狼吞虎嚥的桐人。

「跟我說一聲的話，我就會跟你一起去買了……不對哦，桐人，既然你都已經跟她們那麼熟了，根本也不用想逃走吧！我到底是為誰辛苦為誰忙啊……」

尤吉歐在感覺脫力的同時也有點生氣，於是便抓起切得最大塊的水果蛋糕並且一口咬了下去。

「啊啊，那是我準備要吃的耶……唉，算了，我還自認為這是對尤吉歐修劍士相當體貼的舉動呢。」

「多謝你的雞婆，真是的……」

瞪了一眼滿臉笑容的桐人之後，尤吉歐忍不住用抱怨的口氣對搞不懂怎麼回事而不停眨眼睛的羅妮耶與緹潔說道：

「這傢伙從以前就是這樣。在尚未進入薩卡利亞衛兵隊還有在到達聖托利亞之前的旅途上，一開始大家都覺得他很可疑而有點怕他，但不知不覺間農場和旅館的老闆娘與小孩就都很喜歡這傢伙，甚至常請他吃東西呢。所以羅妮耶妳也要特別小心他的魔掌。」

但尤吉歐似乎已經晚了一步，只見深茶色頭髮的初等練士臉頰微紅的搖了搖頭並且說：

「不會有什麼魔掌的……我早就知道桐人學長是那種面惡心善的人了……」

「啊，當然尤吉歐學長也是唷。」

對加上這麼一句話的緹潔報以無力的笑容後，尤吉歐又咬了一口蛋糕。

這段期間裡，夥伴還是像什麼事都沒發生過一樣吃著食物，就在尤吉歐側眼看了夥伴一下，然後想著「就沒什麼方法教訓一下這個傢伙嗎」的時候——緹潔與羅妮耶忽然挺直背桿，以嚴肅的樣子開口說：

「那個……尤吉歐學長、桐人學長。其實我們兩個人有個不情之請。」

「啥？什麼不情之請……？」

正當尤吉歐感到奇怪時，緹潔已經搖動紅色頭髮低下頭來表示：

「其實真的很難說出口，但前幾天……尤吉歐修劍士曾提過的指導生變更申請，不知道您是不是已經跟學院管理部提過了……」

「妳、妳說什麼？」

再度說不出話來的尤吉歐想著自己曾說過要幫這種忙嗎，結果好不容易才回想起來。幾天前，自己曾經在羅妮耶苦候遲遲不歸的桐人時對她說過：「我幫妳跟老師說，如果妳想要換當其他人的隨侍應該也沒問題唷」。

這樣的話，這些豪華料理就算是告別用的囉。即使一陣憂鬱的心情朝自己襲來，尤吉歐還是慎重地確認了一遍。

「嗯……妳的意思是不想繼續擔任我的隨侍了……？還是羅妮耶不願意擔任桐人的……難道說兩個人都想換……？」

結果羅妮耶與緹潔馬上抬起垂下的臉，一瞬間露出茫然的表情，接著才同時劇烈搖著頭。

坐在尤吉歐左邊的緹潔首先急著開始說道：

「不、不是的！不是我們，我們怎麼可能會那麼想。應該說有很多女孩子都想取代我們擔任二位的隨侍……不是啦，我的意思是說，想要變更指導生的，是和我住在同一寢室的女孩子。她的名字叫做芙蕾妮卡，是個認真、努力的好女孩。她的劍法雖然很好但是卻很謙虛，只不過……」

這時羅妮耶取代垂下肩膀的緹潔繼續說道：

「其實……指定芙蕾妮卡當隨侍的上級修劍士似乎是位相當嚴格的學長……尤其是這幾天，只要她有點小錯就會對她加以相當長時間的懲罰，甚至還吩咐她做些不適合在學院內出現的服侍，芙蕾妮卡看起來真的很痛苦……」

初等練士們在胸前握緊小小的拳頭，紅色與茶色的眼睛裡已經含著淚水。

把吃到一半的炸雞放回盤子上後，尤吉歐以有些半信半疑的心情交互看著眼前的兩個人。

「但、但是……就算是上級修劍士，也不能命令隨侍練士做出學院規則範圍之外的工作才對啊……」

「是的，當然……對方沒有命令她做出抵觸院規的工作，但院規也沒有網羅到各種行為……所以還是有許多不違反院規，但還是能讓女孩子有點難以忍受的命令……」

看見緹潔滿臉通紅且吞吞吐吐的模樣，尤吉歐大概也知道該名修劍士命令那名叫做芙蕾妮卡的隨侍初等生做出什麼樣的事情來了。

「好了，不用再說下去了。我大概了解那個叫做芙蕾妮卡的女孩遇見什麼樣的狀況。雖然很想馬上幫助她，但我記得……」

熟記學院規則的他一邊回想相關的部分一邊繼續說道：

「嗯……『為了能提供勤於鍛鍊的上級修劍士最大的支援，故於劍士身邊配置一名照顧其生活起居的隨侍。基本上隨侍將由該年度排名前十二名的初等練士來負責，但在上級修劍士與負責管理的教官同意之下，得以解任原本的隨侍，並且重新指名其他初等練士』……我記得是這樣對吧。也就是說，要解除芙蕾妮卡的指名，除了教官之外也需要該名上級修劍士本人的同意。嗯，我會試著說服對方看看啦……那名修劍士的名字是？」

問完之後，尤吉歐因為忽然湧現的不祥預感而皺起眉頭。緹潔猶豫了一下，接著才用難以啟齒的模樣小聲說出：

「就是……溫貝爾．吉傑克次席上級修劍士。」

一聽到這裡，之前一直保持沉默的桐人便露出厭惡的表情並低聲說：

「那傢伙自己向尤吉歐提出挑戰卻被打敗，結果現在還做這種陰險的小動作啊。這次一定要好好地教訓他。」

「就說沒打敗他了——不過，說不定是因為這樣……」

尤吉歐輕輕咬了一下嘴唇，然後把事情經過向緹潔她們說明清楚：

「其實前幾天我和溫貝爾修劍士在修練場進行了一場比賽。結果雖然打成平手，但他似乎沒辦法接受……所以他最近之所以會這樣欺負芙蕾妮卡，可能就是因為那場比賽……」

「真沒用，贏不過尤吉歐就把脾氣出在自己的隨侍身上，那傢伙根本不配稱為劍士。」

即使桐人以苦澀的表情丟出這麼一句話，兩個女孩依然搞不太清楚狀況。皺著眉頭的緹潔用疑惑的口氣表示：

「嗯……也就是說，吉傑克上級修劍士因為和尤吉歐學長在比賽時打成平手，所以才……」

當她無法繼續下去時，羅妮耶也用沒什麼自信的口氣繼續表示：

「這是不是……就叫做遷怒啊……」

「沒錯，就是遷怒。因為贏不了就遷怒到芙蕾妮卡身上，對她行使懲罰權以及命令她做些害羞的事情，學長的意思是這樣吧……？」

即使和溫貝爾與萊歐斯同樣是貴族，緹潔她們也只是最接近於平民的六等爵士，所以很難理解次席修劍士那不合常理的行為吧。因為這是會讓人對要如何表達出來感到困惑的異質思考。

就算是在邊境開拓村長大的尤吉歐，雖然推測出溫貝爾的心理也無法認同這種做法。尤吉歐在盧利特村的孩提時代，侍衛長的兒子吉克雖然也對他做了許多惡作劇，但吉克的動機可以說相當單純。那是因為他喜歡愛麗絲，所以才會討厭老是跟愛麗絲在一起的尤吉歐，於是便做出藏鞋等惡作劇。

但是溫貝爾竟然把無法贏過尤吉歐的怒氣發在跟自己毫無關係的隨侍練士——本來應該要親自加以指導的芙蕾妮卡身上。

尤吉歐也知道遷怒、怪罪他人這些名詞的存在。他小時候曾有一次因為相當羨慕父親買給哥哥商店販售的木劍，於是便將父親親手做給自己的木劍拿來不斷敲擊岩石，直到折斷為止。在被父親斥責那是名為遷怒的可恥行為後，尤吉歐就再也沒有做過同樣的事情。

就像折斷自己的木劍一樣，對自己的隨侍練士課加過於嚴厲的罰則，也不算違反禁忌目錄、帝國基本法或者是修劍學院院規才對。但是——這樣就表示這是「可以去做」的行為嗎？這個世界裡，除了記載在書本上的法律之外，應該還有更應該要遵守的某種重要規範才對吧……？

這個時候，跟低頭的尤吉歐有了相同疑問的緹潔從喉嚨裡擠出一句話來：

「我……實在搞不懂。」

抬起頭來從正面看著尤吉歐之後，這名將繼承六等爵士身分的少女又拚命動著依然帶著稚氣的臉頰繼續說道：

「……我的父親總是這麼說。他說我們……休特里涅家之所以能夠成為貴族，是因為很久之前祖先曾經立過小小的戰功，讓當時的皇帝陛下留下了一點印象。所以我們才能住在比平民還要大的房子裡，而且還擁有幾項特權，但絕對不能把這一切當成理所當然。身為貴族就是要盡力創造人民能夠安居樂業的社會，然後在某一天發生戰爭時，比一般民眾更快拿起劍來戰鬥，然後比他們更早犧牲……」

說到這裡便閉上嘴巴的緹潔，把楓葉色眼睛朝南方——也就是聖托利亞中心看去。凝視了一陣子從樹梢上露出來的雄偉帝國行政府後，才把視線移回尤吉歐等人身上。

「……吉傑克家是在四區擁有廣大宅邸，而且在聖托利亞郊外還有私人領地的名門。這樣的話，溫貝爾上級修劍士應該要比下級貴族更加致力於人民的幸福才對吧？父親他經常說……就算禁忌目錄裡沒有規定，但身為貴族就一定得經常注意自己的行為是不是給他人帶來不幸。溫貝爾學長的行為的確沒有違反禁忌與學院規則……但是……但是，芙蕾妮卡昨晚在床上不停地哭泣。為什麼……他可以做出這樣的事情來呢……？」

拚命說出一大串話來的緹潔眼裡已經浮現了斗大的淚珠。但是內心抱持著同樣問題的尤吉歐卻不知道該怎麼回答她才好。就在羅妮耶遞給緹潔白色手帕，而她也將其拿過來擦拭眼睛時——

「妳有一位很了不起的父親。有機會的話真想跟他見個面。」

尤吉歐有些無法相信，這道異常沉穩的聲音竟然是來自於桐人的口中。

這名黑衣劍士總是帶著銳利的眼神，而且言行舉止也相當冷漠，再加上和前任首席修劍士渦羅．利邦提那已經近似傳說的比試，在在都讓同期的學生們都對他有些畏懼，但他這時卻用

安慰人的眼神看著緹潔，然後一字一句緩緩地說道：

「緹潔的父親教導我們的，是英文……不對，是神聖語當中名為『noble obligation』的處世態度唷。貴族，也就是在上位者必須為一般人民盡更多義務的……對了，可以稱做榮譽感吧。」

就連學習了一整年神聖術課程的尤吉歐也是第一次聽過這個名詞，但頭腦不知道為什麼馬上就可以了解它代表的意義，於是便用力點了點頭。桐人的聲音接著又乘著春風傳了過來：

「這份榮譽感比任何法律與規則都還要重要。這世界還是存在許多就算法律沒有禁止也絕對不能犯的罪過，當然相對的也有許多即使法律禁止也非得去做的事情。」

這種在某種意義上否定了禁忌目錄——也就是公理教會的發言讓羅妮耶與緹潔忍不住屏住了呼吸。但桐人還是凝視著兩名年輕的少女，並且用堅定的聲音繼續表示：

「很久很久以前，名為聖奧古斯丁的偉人曾經說過，錯誤的法律即非法律。就算再了不起的法律或是權威也不能夠全然相信。即使沒有違反禁忌或學院規則，溫貝爾所做的事情也絕對是錯的。怎麼能讓一個無辜的女孩子痛哭呢。所以一定得有人阻止他才行，而這時候能阻止他的人嘛……」

「嗯嗯……這應該是我的責任。」

尤吉歐雖然已經點頭，但還是對夥伴提出盤旋在內心的疑問。

「但是桐人……那要由誰來決定法律是否正確呢？要是每個人都擅自決定的話，秩序就會大亂了吧？公理教會就是為了幫眾人決定這種事情而存在的吧？」

禁忌目錄的確不可能記錄所有人類不應該出現的行為。所以溫貝爾才能遷怒自己的隨侍。但就如很久之前阿薩莉亞修女斥責惡作劇的吉克一樣，身為溫貝爾同輩的尤吉歐與桐人也能夠規勸他。這跟質疑教會的權威完全是兩回事。

創造這個世界的是神明，而教會則是神明的代理人。數百年來正確引導人界的教會不可能會有錯誤才對，尤吉歐雖然沒有這麼說出口，但問題裡就帶有這樣的意思。

這時回答尤吉歐問題的竟然不是桐人，而是至今為止一直保持沉默的羅妮耶。平常總是相當安靜的她，這時眼睛裡忽然帶著強烈的光芒並且以堅定的語氣開始說話，當然這也讓尤吉歐稍微感到有些驚訝。

「那個……我有點了解桐人學長所說的話。禁忌目錄裡沒有記錄但相當重要的精神……那就是自己心中的正義對吧，法律不只是用來遵守，必須先用內心的正義之尺來衡量為什麼會有這條法律……學長的意思是不能只是盲從，也得經過自己慎重的考慮才行……」

「嗯，妳說的沒錯，羅妮耶。思考是人類最強大的力量唷。比任何名劍與祕奧義都還要強。」

說完便露出微笑的桐人，眼睛深處似乎飄盪著感嘆以及某種深刻的感情。這時尤吉歐對著兩年多來寢食與共但還是充滿謎團的夥伴拋出最後一個問題：

「但是桐人，你剛才說的聖奧古……什麼的是什麼人啊？是教會的整合騎士嗎？」

「嗯……算司祭吧。不過應該已經死掉了。」

回答完後桐人就又笑了起來。

目送一隻手各拿著一個空藤籃，一邊揮著另一隻手一邊走回初等練士宿舍的羅妮耶與緹潔離開後，尤吉歐便再度看向夥伴的臉並且說：

「……桐人，關於溫貝爾那件事，你有什麼看法？」

結果桐人露出感到困難的表情，低聲回答：

「嗯……可以確定的是，就算我們要那傢伙別再欺負低年級生，他也不會乖乖聽話……只不過……」

「不過什麼？」

「溫貝爾也就算了，那傢伙的老大萊歐斯雖然討人厭又陰險，但絕對不是笨蛋。既然能當上首席上級修劍士，那麼除了劍技之外，應該連神聖術、法學與歷史的成績都相當不錯才對。」

「應該比光靠劍技就排名第六的某個人要好多了。」

「其實這樣的學生有兩個呢。」

尤吉歐忍不住就像平常一樣開始和桐人互相調侃了起來，但馬上就覺得現在不是開玩笑的時候而催促他繼續說下去。

「然後呢？」

「……萊歐斯和溫貝爾同寢室對吧？那他默默看著溫貝爾遷怒自己的隨侍劍士不是很奇怪嗎？就算不會受到正式的懲罰，總是會出現對他們不利的流言，到時候和溫貝爾住在同寢室的萊歐斯也會受到牽連吧。別說是懲罰了，那個自尊心如此強烈的傢伙應該連流言都沒辦法接受才對……」

「但是……溫貝爾欺負芙蕾妮卡是事實啊。這也就是說，他已經氣到連萊歐斯都沒有辦法制止了吧？如果和我的比賽是造成他如此氣憤的原因，那我一定得去好好勸告他一下才行……」

「這就是重點啦。」

桐人露出像是咬到乾爬牆虎煙草般的表情並這麼說道：

「這說不定是想要陷害尤吉歐的精密陷阱唷？比如說讓你到溫貝爾那裡去抗議，然後在那邊發生了某些爭執，結果就違反學院規則……這樣的陷阱……」

「咦咦？」

尤吉歐因為這出乎意料之外的說法而瞪大了眼睛。

「怎麼可能……絕對不可能有這種事情。我和溫貝爾雖然席次不同，但怎麼說也同為修劍士唷。只要不說出具體的侮辱言詞，要如何規勸他都不算是失禮的行為。說起來我還比較擔心你呢，桐人。」

「嗯嗯……說的也是。我可能會把泥土濺到那個傢伙的衣服上。」

夥伴一臉認真地這麼說道，尤吉歐看見後只能短短嘆了口氣。桐人在去年的年末真的就對前任首席渦羅做出這樣的失禮行為，所以才會被命令用真劍和他進行一場先擊勝負的比賽。

「我說啊，到溫貝爾房間去的時候先讓我來說話唷。桐人你只要在後面裝出嚇人的表情就可以了。」

「交給我吧。這我最拿手了。」

「……那就拜託你了。今天先口頭上規勸他一下，要是不聽的話，就向管理部申請更換芙蕾妮卡的所屬吧。這樣他們至少會要求溫貝爾說明一下情況。不過光是這樣應該就對那傢伙有嚇阻作用了。」

「嗯嗯……說的也是。」

雖然桐人臉上依然殘留著有所疑慮的表情，但尤吉歐拍拍他的背後就朝著建在山丘上的上級修劍士宿舍走去。

一年前，當尤吉歐還是什麼都不懂的隨侍劍士時，在這座山丘上等待他的，就是一名叫做哥魯哥羅索・巴魯托的魁梧大漢。老實說他的長相真看不出還未滿二十歲。

比尤吉歐大了兩倍的身體完全包覆在強壯的肌肉之下，而且那漂亮的鬢髮又讓他想起只有在畫裡看過的南帝國獅子也有這樣鬢毛。結果如此豪邁的外表使得剛走進來的尤吉歐以為來到了教官的房間。

哥魯哥羅索・巴魯托瞥了一眼相當緊張的尤吉歐，然後用粗獷的聲音命令他「把衣服脫掉」。尤吉歐雖然嚇了一大跳，但在沒辦法拒絕的情況下也只能脫掉灰色制服，只留下身上的內衣。強烈的視線再度從頭到腳看了他一遍──接著哥魯哥羅索才笑著說：「好，身體鍛鍊得很結實」。

打從心裡鬆了口氣的尤吉歐再次穿上制服，然後哥魯哥羅索便對他說因為自己也不是貴族，而是出身於衛兵隊裡的平民，所以才會選擇與自己出身相同的尤吉歐當隨侍。之後的一年裡，他豪邁的言行舉止雖然時常讓尤吉歐感到困擾，但他絕不會對隨侍施加任何不合理的懲罰，甚至總是熱心地指導尤吉歐劍法。尤吉歐一直認為，自己之所以能突破修劍士選拔考試，除了桐人的艾恩葛朗特流之外，哥魯哥羅索所傳授的巴魯提歐流豪壯劍術也提供了同樣重要的助力。

哥魯哥羅索從學院畢業並準備離開央都當天，尤吉歐對他提出了一年來一直藏在心裡的疑問。那就是為什麼當初沒有選擇同是衛兵隊推薦名額的桐人而選擇了自己。

結果哥魯哥羅索一邊摸著膨鬆的鬢角一邊這麼回答：

——在看過入學考試的劍招演練後，我就知道那個傢伙的劍術比你稍微好一點。但我就是因為這樣才會指名你。我覺得你和我一樣，是那種會拚命力爭上游的人。不過呢……反正索爾緹莉娜次席也馬上就把桐人給選走了。

哥魯哥羅索豪邁地哈哈大笑之後，又用厚實的手摸了摸尤吉歐的頭，接著才說「一定要成為修劍士啊，還有要好好保護自己的隨侍」。忍著眼淚的尤吉歐不停地點頭，並且在校門口目送哥魯哥羅索離去的巨大背影直到再也看不見為止。

他讓尤吉歐了解上級修劍士和隨侍練士之間不只是指導者與弟子的關係。尤吉歐認為自己應該沒辦法成為像哥魯哥羅索這樣的指導者。但就算是這樣，他還是準備在這一年裡盡量將哥魯哥羅索教給自己的知識傳承給緹潔，就算只有幾分之一的知識也沒關係。沒錯——這應該就是桐人剛才所說的「規則上沒有註明，但是卻最為重要的東西」了吧。

溫貝爾與萊歐斯或許無法理解這種關係。他們應該是因為不想成為隨侍，才會故意在甄選考試裡放水，讓自己的入學成績變成在十三名以下吧。即使如此，自己還是得跟他們說清楚應該說的事情。

用雙手推開正面的門，進入修劍士宿舍後，尤吉歐便用皮鞋踩出響亮的腳步聲並且爬上了正面的樓梯。

3

敲了敲位於宿舍三樓正東方的門之後，從裡面傳出溫貝爾詢問來者是誰的聲音。

「是尤吉歐修劍士與桐人修劍士。我們有些話想對吉傑克修劍士說。」

雖然已經盡量用柔和的語氣報上姓名，但裡面馬上響起急促的腳步聲，接著門便被粗暴地打了開來。繃著臉怒視尤吉歐與桐人的溫貝爾，隨即用足以穿透宿舍中空部分直接傳到一樓的聲音大叫：

「沒有事先告知就直接來敲門實在太沒禮貌了！首先應該以書面來獲得面會的允許才對吧！」

在尤吉歐還沒能答覆之前，溫貝爾身後馬上就傳來了萊歐斯．安提諾斯優雅的聲音：

「不打緊，大家都是住在同宿舍裡學習的同學。就讓他們進來吧，溫貝爾。只不過這麼突然到訪，實在來不及準備茶水招待二位。」

「……你們應該要好好感謝萊歐斯少爺的寬宏大量。」

噘起嘴唇丟出一句話後，溫貝爾便轉身走了進去。雖然心裡覺得這是在演什麼短劇，但尤吉歐還是行了個禮並且進入房間當中。

「這到底是在搞……」

跟在後面的桐人正準備說出同樣的感想時，尤吉歐馬上乾咳了幾聲讓他閉上嘴巴，然後走到客廳中央的長椅子前面。雖然空間大小與隔間都與尤吉歐他們的房間相同，但鋪在地板上的絨毯，以及因為春天的微風而輕輕晃動的薄窗簾等室內擺設都被換成了最高級的物品。

連寬約三梅爾的長椅子裡頭也塞滿了棉花並且罩著絲絹外皮，當溫貝爾在最右端坐下來後身體馬上深深地沉了下去。左邊雖然能夠看見萊歐斯的身影，但這時他只是稍微坐在椅子上並且把頭靠在椅背，然後兩隻腳筆直地放在桌面，看起來幾乎就是臥躺的姿勢。

此外這兩名上級貴族的繼承人身上穿的不是學院制服而是寬鬆的薄長衫。萊歐斯身上的是鮮紅，而溫貝爾身上的則是鮮黃色，那種平滑的光澤一看就知道是南方產的高級絲絹。至於並排在桌上的杯子裡所發出的香氣，應該是來自於東方特產的綠茶吧。萊歐斯拿起茶杯並慢慢啜了一口之後，才終於把臉轉向尤吉歐他們。

「那麼……吾友尤吉歐修劍士專程在休息日的傍晚時分來訪，不知有何貴幹呢？」

雖然桌子前面還放著另一張長椅子，但他完全沒有讓兩人坐下來的意思。心裡想著這樣反而比較好的尤吉歐，一邊用最嚴厲的表情低頭看著兩人一邊開口表示：

「因為聽到一些關於吉傑克修劍士的不好傳聞。所以想在學友的芳名受到玷污之前，先來給你一些忠告。」

溫貝爾一聽馬上臉色大變並且想大叫些什麼，但萊歐斯卻稍微動了一下左手制止他，接著才扭曲異常紅潤的嘴唇微笑著說：

「有這種事……？」

他平順的聲音透過右手杯子上冒起的熱氣傳了過來。

「這真是讓人高興的意外啊，想不到尤吉歐同學還會擔心吾友的名聲。但很可惜的是，我們完全不知道那些謠言是怎麼回事。雖然很不好意思，但可否請尤吉歐同學指點一二呢。」

「……聽說吉傑克同學對自己的隨侍練士做出了相當下流的行為。你們應該知道這件事吧！」

「實在太無禮了！」

溫貝爾終於忍不住從長椅子上站了起來並且高聲這麼叫道：

「連姓氏都沒有的邊境開拓平民，竟然敢說我這個四等爵士家的長子下流！」

「唉呀，別忽然就發火嘛，溫貝爾。」

萊歐斯甩了甩左手，再度讓自己的跟班安靜了下來。

「就算出身不同，目前也是在同一個屋簷下求學的學生啊。在這座學院裡，無論被人說什麼都無法批評對方失禮。只不過……如果是空穴來風的中傷，那就不能坐視不管了。不知道尤吉歐同學是從哪裡聽到這種奇怪的謠言呢？」

「我想安提諾斯同學應該也不想浪費彼此的時間，所以就不用再裝傻了。這不是什麼空穴來風的中傷。是跟吉傑克同學隨侍同寢室的初等練士直接告訴我的。」

「哦？那也就是說……是溫貝爾的隨侍主動請同寢室的初等練士透過尤吉歐同學來向我們做出正式的抗議囉？」

「……不是，對方沒有這麼說……」

尤吉歐忍不住咬緊嘴唇。芙蕾妮亞的確沒有直接要求他們這樣做，如果溫貝爾堅持是空穴來風的中傷，自己也沒辦法再追究下去。

但現在怎麼能在擺出吊兒郎當態度的萊歐斯以及恨恨地歪著嘴的溫貝爾面前示弱呢，於是尤吉歐便嚴厲地反問：

「這麼說……二位是否定有這回事囉？溫貝爾同學，你沒有對隨侍芙蕾妮卡做出任何脫序的行為？」

「唔姆，脫序？這是什麼奇怪的形容詞啊，尤吉歐同學。你就乾脆說是違反學院規則怎麼樣啊？」

「…………」

尤吉歐再次咬緊嘴唇。雖說只是在學院用地內才適用的規則，但對學生來說還是跟禁忌目錄與帝國基本法同樣重要，所以應該沒有任何學生敢違背規則才對。

尤吉歐也相當了解，就算是溫貝爾也不敢違反學院規則。但也就是這樣，他這種只要不違規就能為所欲為的行動才更加不可饒恕。尤吉歐用力吸了一口氣，接著又繼續激動地說道：

「但是……但是，還是有學院規則沒有禁止，但身為指導者的上級修劍士不應該有的行為吧！」

「哦哦，那麼尤吉歐同學，到底溫貝爾是對芙蕾妮卡做出了什麼樣的事情呢？」

「……這、這個嘛……」

尤吉歐方才實在沒辦法聽緹潔等人做出更詳細的說明，所以對於「脫序行為」的內容其實不甚了解，這時候當然沒辦法立刻回答出來。於是萊歐斯馬上誇張地張開雙臂，然後左右搖著頭說：

「唉呀，這樣下去我實在沒辦法奉陪。怎麼樣啊溫貝爾……你有做過尤吉歐同學所說的事情嗎？」

萊歐斯一這麼詢問，之前一直傾斜身體瞪著尤吉歐的溫貝爾馬上用力把身體靠在椅子上並且大叫：

「怎麼可能！我完全不知道他在說些什麼！說起來本大爺，不對，說起來我根本沒有對芙蕾妮卡做出什麼下流的事情……因為那個女孩一次都沒有跟我抱怨過啊！」

次席修劍士一邊用雙手將灰色頭髮往後梳，一邊露出了毒辣的笑容。

「嗯，不過我的確命令她做了幾件雞毛蒜皮的小事。尤吉歐同學應該還記得吧，前幾天的比賽很丟臉地和你打成平手之後，我也痛定思痛地開始重新鍛鍊自己。之前因為不想讓身體出現醜陋的肌肉而稍微減少練習量，結果現在卻因為這樣而渾身發疼。在沒辦法的情況下，只有每天晚上在洗澡時請芙蕾妮卡幫我按摩僵硬的肌肉。而且我為了怕她把制服弄濕，還很寬容地要她只穿著內衣就可以了唷。我實在搞不懂這算什麼下流或是脫序的行為呢！」

溫貝爾說完便用喉嚨發出咕咕的笑聲，而尤吉歐只能茫然看著他的臉，然後感覺內心正湧起一股不是很熟悉的感情。

對這種人，真的有必要用如此有禮貌的態度來說服他嗎？

適合他的應該不是禮貌的言詞，而是木劍不由分說的一擊吧。

尤吉歐為了伸出木劍對溫貝爾提出挑戰而動了一下右手，但這時才發現腰部空空如也。他用力吸了幾口氣讓自己冷靜下來，然後盡可能以平靜的聲音說：

「……溫貝爾同學，你認為……這樣的命令是能夠被允許的嗎？的確……的確學院規則裡沒有這樣的條款，但那是因為根本不需要明文禁止也知道不能這麼做。命令隨侍脫衣服是多麼不知羞恥的……」

「哈哈哈、哈哈哈哈哈！」

原本沉默下來的萊歐斯忽然揚起嘴角大笑了起來。簡直像早就在等待尤吉歐說出這句話來一樣。

「哈哈哈！沒想到會從尤吉歐修劍士嘴裡聽到這樣的話，哈哈哈哈！說起來尤吉歐同學自己還是隨侍劍士的時候，不就每天晚上都被那個平民出身的大漢要求脫下衣服嗎？」

「這可就奇怪了！自己高興地脫下衣服，但卻說人家做出這樣的事是忝不知恥，哈哈！」

溫貝爾馬上配合發出了尖銳的笑聲。

再度襲上心頭的某種衝動讓尤吉歐全身劇烈震動了起來。當他快要說出可能違反院規的惡言時，背後的桐人忽然踢了一下他的腳跟，這才讓他在緊急時刻回過神來。

尤吉歐的指導生哥魯哥羅索的確每個月會有一、兩次命令他脫下衣服。但那是為了確認鍛鍊出肌肉的部位，然後再指出尤吉歐練習不足的地方，當中沒有任何不純的意思在。不過這時就算如此辯駁也只會讓萊歐斯等人更加得意忘形，接著不只是尤吉歐，甚至連哥魯哥羅索都會成為他們嘲弄的對象。所以尤吉歐只能拚命忍耐，等回復冷靜後才用平穩的口氣說道：

「我的事情和現在這件事沒有關係。可以確定的是吉傑克修劍士的隨侍目前正過著無法違抗命令的痛苦生活。如果今後還不見改善的話，我們只能請求教官調查這件事情，所以還請吉傑克修劍士千萬要自愛。」

聽見「悉聽尊便」的回答隨著更強烈的笑聲從背後傳過來，尤吉歐也只能加快腳步走出萊歐斯的房間。

剛關上背後的門，尤吉歐馬上因為想捶牆壁而握緊右拳，但想到經過鍛鍊的肌肉要是做出這種動作，很可能會在牆壁上敲出一個凹痕——也就是減少了建築物的天命，就只能乖乖放下自己的手。故意損毀學院的設施或物品是明確的違反禁忌，而且這正是遷怒的行為。這時尤吉歐忽然有點懷念起不論用帶有多大怨氣的斧頭用力砍都紋風不動的基家斯西達來了。

當他以鞋底粗暴地踩出腳步聲做為小小的報復，並且開始朝西側的自己房間走去時，桐人忽然從背後開口說道：

「尤吉歐，你先冷靜一下。」

耳朵一聽見這熟悉的聲音，原本燒得像熾烈火爐般的腦袋立刻稍微冷卻了下來。尤吉歐這時先呼一聲吐出一口長長的氣息，接著便放慢腳步和夥伴並肩前進。

「話說回來……還真令人意外耶。原本以為你會比我還早爆發呢。」

聽見尤吉歐的話後，桐人一邊笑一邊拍了一下左腰。

「如果有佩劍的話就很危險了。不過……正如我之前所說的，這件事背後似乎還有什麼陰謀，所以我才會忍耐下來觀察情況。」

「我都忘了你說過這樣的話呢……那你怎麼想？」

「溫貝爾就別管了，但萊歐斯那傢伙很明顯是故意向你挑釁。他早就算計好緹潔她們會告訴你芙蕾妮卡的事情，到時候尤吉歐如果來向溫貝爾抱怨的話，就會認定這是無禮行為並且對你施加最為嚴厲的懲罰。上級貴族的壞心眼還真不容小看……」

「也就是說……萊歐斯放任溫貝爾做出這樣的行為，就是知道我一定會來抗議嗎……怎麼會這樣……」

尤吉歐在走廊中途停下腳步，然後緊咬住嘴唇。

「看來一切都是因為我在比賽時讓溫貝爾蒙羞的緣故。桐人明明跟我說過好幾次，回應那傢伙的挑釁不會有好事了……」

「別自責了。」

桐人把手放在尤吉歐右肩上，很難得地發出了安慰的聲音。

「反正馬上就要到第一次檢定比賽了。為了要成為學院的代表，我們一定得在比賽裡贏過那兩個傢伙，所以早晚一定會被他們怨恨的。不過那兩個傢伙已經大大嘲笑過我們，應該覺得滿足了吧。如果溫貝爾再次污辱芙蕾妮卡，我們就馬上請教官展開調查，所以得先準備好申請函才行。」

「……嗯，說的也是。不過，如果是這樣的話，剛才乾脆在他們面前大哭可能會比較有效唷。」

輕輕拍了拍桐人的手表達謝意之後，尤吉歐終於放鬆了肩膀的力道。

溫貝爾與萊歐斯不但劍術高超，學科的成績也相當優秀。而且每個月家裡都寄來大量席亞金幣，讓他們能夠盡情購買衣服或者是身邊的小物品，如果吃膩宿舍的食物也能每晚都到學校外面的料理店品嘗喜歡的食物。對只能靠薩卡利亞衛兵時代所存的金錢來過日子的尤吉歐與桐人來說，他們實在相當讓人羨慕。

但是他們不知道為什麼把尤吉歐當成眼中釘，總是要找機會嘲笑他並且想讓他屈服於自己之下。這麼做究竟對他們有什麼好處呢。雖然知道世界上不是都只有好人，也是有些壞心眼的人存在，但是——就算是貴族與平民，不也都是生活在人界裡的人類嗎？

公理教會教導眾人「善」是由史提西亞神所創並賜給人界的美德，而「惡」則是屬於闇神貝庫達所支配的暗之國。這樣的話，無論是什麼人基本上應該都有善心才對。沒錯，就連萊歐斯與溫貝爾也有。

如果不是在臨時起意的比試，而是在檢定比賽這樣的大舞台裡對戰，而且雙方也各自盡了全力，那麼一定能和他們有某種程度的理解吧。一定是這樣的——

一邊這麼想一邊打開自己的房門並進到裡面後，尤吉歐便趁夥伴消失在某處前做出這樣的宣言：

「喂，桐人，神聖術的考試已經結束了，明天起要陪我好好練習啊！」

「怎麼啦，為什麼突然這麼有幹勁？」

「嗯嗯……因為我一定得變得更強才行。這是為了要讓萊歐斯他們知道，不練習絕對不可能贏得過我。」

結果桐人也邊笑邊點頭表示：

「那就讓我來教教尤吉歐修劍士大人什麼叫做嚴格的修行吧。」

「求之不得。那……晚餐的時候見囉。」

互相輕輕舉起手之後，兩人便為了換衣服而各自準備回到房間去，但尤吉歐的夥伴這時忽然停下轉到一半的身體並且一臉認真地說：

「尤吉歐。我不在的時候不論那兩個傢伙對你說什麼，你都要注意不能像剛才那樣腦充血啊。」

「我、我知道啦。Stay cool對吧。」

說出可以表示「冷靜」，也可以拿來當成分手前打招呼的神聖語後，桐人不知道為什麼露出有些不好意思的苦笑並且回了同樣的話。

可能是大笑過後已經滿足了吧，隔天上午的劍術實技演練以及下午的學科課程裡，萊歐斯他們根本連看都不看尤吉歐一眼。連上個禮拜之前，每次碰面都一定會怒目相視的溫貝爾都完全無視尤吉歐的存在。

當然尤吉歐也因此而稍微放下心來，但重要的是芙蕾妮卡的待遇是不是已經獲得了改善。昨天晚上尤吉歐和桐人已經連名完成了請求學院管理部展開調查的申請書。提交上去的話，萊歐斯他們跟尤吉歐等人都得參加公開的聽證會，但那兩個愛面子的人應該會拚命想避免發生這種事情才對。

當有些無趣的帝國史課程結束——依然沒發生什麼大不了的事情——尤吉歐和為了去圖書館還書的桐人分開之後就馬上回到修劍士宿舍，為了傳達事件的經過而等待著緹潔與羅尼耶的到來。

不久之後，每天固定在四點鐘聲響時起來到這裡的兩個人就元氣十足地打招呼並且開始打掃了。這時尤吉歐也在自己房間的椅子上坐下來，靜靜看著緹潔勤奮工作的模樣。

以前雖然曾數次表示要幫忙打掃，但每次她都用「這也是我重要的任務！」來一口回絕自己。回想起來自己也曾經跟哥哥魯哥羅索說過同樣的話，所以最後只能注意不把房間弄得太髒亂。但她似乎對這一點感到相當不滿，時常說出「根本沒有打掃的意義」這種奇怪的抱怨。

握著長柄抹布東轉西繞，三十分鐘就把客廳與寢室打掃完的緹潔在進入尤吉歐房間並隨手把門關上後，隨即用力靠一下長靴的鞋跟接著表示：

「報告尤吉歐上級修劍士！今天的打掃工作已經完畢！」

桐人不知道在什麼時候也已經回到寢室，可以聽見關上的門後方傳來些許羅妮耶的聲音。

決定讓夥伴自己跟她傳達之前的事件後，尤吉歐便對緹潔回了個禮並且簡短地慰勞了她的辛苦。

「好的，辛苦妳了。謝謝妳每天幫忙打掃。」

「千萬別這麼說。這本來就是隨侍的工作！」

一看見這跟平常一樣的反應，尤吉歐便偷偷壓下忍不住想要微笑的心情。

「那個……不好意思哦，可以稍微耽誤妳一點時間嗎？別一直站著了，先坐下來吧。」

話剛說完，尤吉歐才想起房間裡只有書桌前的一張椅子而已。當他準備說出「那坐這張椅子」時，緹潔就好像要搖頭表示「不，我站著就可以了」，結果尤吉歐又更搶先一步指著放在窗邊的床說：「那就坐那裡好了。」

緹潔一瞬間瞪大了眼睛，但這次則臉頰微紅地點著頭說：

「啊……那、那就失禮了。」

她隨即走到床邊，輕輕地坐在床角。

在內心確認過和女孩子坐在同一張床上不算違反禁忌與院規後，尤吉歐才在距離相當遠的地方坐了下來。他隨即把上半身轉向緹潔，盡可能以認真的表情說出了主題：

「關於芙蕾妮卡那件事……我昨天已經跟溫貝爾抗議過了。我想那傢伙也不想把事情鬧大，所以應該不會再下達脫序的命令了。近期我會讓他向芙蕾妮卡道歉的……」

「真的嗎！太好了……真是太謝謝您了，上級修劍士大人。我想芙蕾妮卡也會很高興的。」

看見綻放笑容的緹潔，尤吉歐只能一邊苦笑一邊說：

「既然工作已經結束，那叫我尤吉歐就可以了。還有……有件事我得向妳道歉才行。昨天也稍微提到過了，這次的事件都是因為我和溫貝爾的比賽而起，他似乎是想趁我去找他們抗議時，引誘我做出失禮行為然後對我施加罰則……也就是說芙蕾妮卡只是我和溫貝爾發生爭執之下的犧牲品。我也得好好跟她道歉才行，能幫我找個機會嗎……？」

「……是這樣啊……」

緹潔晃動著紅色頭髮低下頭去，像是在考慮什麼事情一樣，但不久後就又看著尤吉歐並且緩緩搖了搖頭。

「不是的……這不是上級……這不是尤吉歐學長的責任。我會把學長說的話傳達給芙蕾妮卡知道。那個……我、我可以到學長身邊去一下嗎？」

「咦……嗯、嗯。」

心跳加速的尤吉歐剛點完頭，臉變得更紅的緹潔便稍微移動身體來到可以感受到些許對方體溫的距離。接著從她看向正面牆壁的臉上傳出了呢喃般的聲音：

「尤吉歐學長，我昨天晚上睡覺前拚命想了，吉傑克上級修劍士為什麼要對芙蕾妮卡做出那麼過分的事情。另外也考慮過他明明跟芙蕾妮卡無怨無仇，為什麼還能做出這種事情的理由。桐人學長他曾經說過貴族必須要有榮譽感。但是……其實我知道，上級貴族當中有人……會隨便玩弄住在自己私人領地裡的女性……」

緹潔迅速抬起臉來，尤吉歐發現這時她的眼睛讓人想起被長期降雨所濡濕的秋天森林，而這樣的眼睛現在就凝視著自己。

「……我好害怕。我從學院畢業後不久就要繼承休特里涅家，然後和同級或者高一級的爵士家裡的男性結為夫婦。如果……成為我丈夫的人是像吉傑克修劍士那樣的人呢……？只要想到對方可能是毫無榮譽感，能夠隨便對周圍的人做出殘酷行為的男性……我就非常害怕……」

尤吉歐屏住呼吸，回望著緹潔濕潤的眼睛。

雖然可以理解緹潔的心情，但這些話同時也讓尤吉歐意識到自己與她之間的身分差距。對方是擁有緹潔．休特里涅這個姓名的六等爵士家長女，而尤吉歐只是沒有姓氏的開拓農民之子——而且還只是三男。

像盧利特村這樣的邊境小村，因為來自於農地的收穫有限，所以沒辦法毫無限制地增加村裡的人口。家業或是田地幾乎都是由長男來繼承，次男和三男——雖然會因為天職而有所不同——甚至無法結婚，只能夠一輩子打光棍。尤吉歐如果沒遇見桐人的話，應該就會以「基家斯西達的伐木手」這樣的身分過完每天揮動斧頭的一生。就像上一任的卡利塔老人一樣。

雖然目前能夠在央都聖托利亞夾雜於眾多貴族之中過生活，但要是一年之後沒能成為學院代表的話，就不知道會面臨什麼樣的情況了。如果能在帝國騎士團或大城鎮的衛兵隊裡找到工作的話就好，否則很有可能得回到盧利特村在哥哥的手底下工作。不過可以確定的是，自己一定會走上與貴族繼承人完全不相關的道路。

所以尤吉歐在發現不發一言的緹潔忽然靠住自己的右臂時，可以說根本嚇到忘記要呼吸了。

「那個……緹潔……？」

生於六等爵士之家的少女在極近距離下凝視著尤吉歐瞪大的眼睛。從她灰色的制服上傳來些許讓人聯想到索爾貝葉的香味。

「尤吉歐學長……我……有件事想要拜託您。請您一定要成為學院代表，然後在劍武大會裡獲勝，接著參加四帝國統一大會。」

「當、當然……我就是以這個為目標……」

「那個……嗯……」

緹潔猶豫了一下之後，才用跟頭髮一樣紅的臉繼續說道：

「我、我聽說在統一大會裡拿到前幾名的話，就能夠和初等練士宿舍的阿滋利卡老師一樣在這代被任命為爵士。然、然後……雖然知道不能夠說這種話……但是，如果您沒能成為整合騎士……那就……當我的…………」

低著頭且身體發抖的緹潔似乎再也無法說下去，這時尤吉歐也只能茫然往下看著她嬌小的頭部。

這次他得花上一段時間，才能理解緹潔所說的話是什麼意思。當他聽懂緹潔的話時，腦袋裡也有一道自己的聲音響了起來。

——我之所以要參加統一大會、成為整合騎士，唯一的目的就是要再次見到愛麗絲——

但尤吉歐還是無法告訴緹潔。這應該是這名十六歲少女有生以來首次對不確定的將來感到害怕，因此就算知道會變成欺騙，尤吉歐也覺得拒絕這名同時是自己隨侍練士的少女……實在不是正確的行為。

於是尤吉歐舉起左手，一邊以僵硬的動作摸著緹潔的頭一邊說道：

「嗯……我知道了。等大會結束之後，我一定會去找妳。」

緹潔聽見後肩膀劇烈地震動，最後才畏畏縮縮地抬起頭來。

閃爍著淚光的臉頰上已經浮現早春花蕾般的笑容，她接著又動著小小的嘴唇表示：

「……我也要變強。要變得跟……尤吉歐學長一樣，能夠勇敢地把對的事情說出來才行。」

4

隔天的五月二十二日，是這個春天首次出現的壞天氣。

斗大的雨滴順著不時吹過來的強風劇烈拍打窗戶。這時尤吉歐停下擦劍的手，開始望著才剛下完課索魯斯就已經漸漸失去光芒的陰暗天空。

層層相連的黑雲就像生物般蠕動，縫隙當中還能看見紫色閃電劃破天際。在盧利特村的時候，村民最痛恨春天的暴風雨把剛灑下去的小麥種子沖走，所以當還是小孩子的愛麗絲成功使出預測天氣的神聖術時，全村子的人幾乎就跟辦祭典時一樣興奮不已。只不過，能夠享受這種恩惠的時間也只有短短的兩年而已。

自從自己在學院裡學習神聖術之後，尤吉歐才更加感受到愛麗絲的天分究竟有多驚人。能夠對天候與地形等自然現象產生影響的，通常都是術式長達百行以上的高級神聖術，尤吉歐到現在都還沒辦法預測出明天究竟是晴天或者下雨。如果是能在一個禮拜前就預測出有暴風雨的愛麗絲，現在應該早就已經學會操縱天候的神聖術了吧。如果是這樣，現在的暴風雨可能就是愛麗絲在對遲遲不來接自己的尤吉歐發脾氣吧——

「呼——」

將綿綿不絕的想念隨著氣息一併吐出來後，馬上用沾了油的皮革仔細地擦拭蒙上一層霧氣的藍銀色刀身。雖然每個禮拜一定會擦拭一次「藍薔薇之劍」，但自從進入學院就讀之後，也只有這個時候才會讓它出鞘。尤吉歐每天練習使用的都是木劍，而且為了追求公平性，檢定比賽也規定只能使用性能完全相同的劍。和隸屬於神器的藍薔薇之劍比起來，學院制式劍就顯得相當輕，全力揮動時甚至會有種刀身快要整個飛出去的不安感。但就算是這樣，也不能隨便使用這把一擊就能將便宜鐵劍粉碎的神器。

能夠承受這把劍全力一擊的，大概就只有那個了吧，尤吉歐邊這麼想邊抬起頭來。夥伴這時正坐在對面長椅子上，而尤吉歐的視線就看向他正在擦拭的那把黑色長劍。

基家斯西達是在盧利特南方森林聳立了三百年以上的「惡魔杉樹」。切下它最頂端的部分，然後辛苦地把重如鐵塊般的樹枝——雖然桐人好幾次都說「隨便把它種在路邊吧」——帶到央都來，交給卡利塔老人的舊識薩多雷金屬工匠。接著工匠在經過一年後才把樹枝刨削成劍的形狀。

個性相當固執的薩多雷師父雖然繃著臉說出「害我用了三塊能使用十年的黑煉岩磨刀石」，但完成這一輩子夢寐以求的工作後，他也沒有向桐人收取費用。

完成的黑劍已經纏繞著看不出原本是樹枝的深邃光澤。兩個半月前，桐人就是用這把劍和渦羅・利邦提比賽並且漂亮地跟他打成平手。不過之後也只能將它收在黑色皮革劍鞘當中，只有在擦拭時才會接觸到它。

這時尤吉歐忽然有了「說不定我們在學期間已經沒機會使用這兩口劍」的想法。除了不能在學院內的正式比賽當中使用之外，也很難想像和會用它與其他學生進行「使用私人真劍」的個人比賽。

也就是說，想要握著藍薔薇之劍戰鬥，就一定得被選為今年度的學院代表劍士，然後參加帝國劍武大會才行。雖說這本來就是尤吉歐的目標，但忽然就要在這樣的大舞台，而且還是先擊勝負的比賽當中揮動這麼沉重的劍，多少還是會讓人覺得有點不安。

自己的對手應該不是學生，而是帝立騎士團或者各流派真正的高手，這也就表示對方手裡應該也會拿著相當高級的劍才對。雖然是一擊決勝負，但要害受到痛擊的話，就算不至於喪命，也有可能會變成得休養一、兩個月才能完全恢復的重大傷害。

事實上，成為去年度學院代表的渦羅・利邦提和索爾緹莉娜學姊兩個人就都敗給了騎士團代表。當時鞭子被砍掉、劍被打飛的莉娜學姊已經算是相當幸運，因為渦羅連左肩的骨頭都被打碎了。一般神聖術的治療雖然能夠癒合傷口讓天命不再減少，但沒有辦法連骨頭都全部復原，所以渦羅現在應該還在療養當中。

根據本校舍每週會貼在公告欄一次的報紙，那名騎士團代表劍士是出身於貴族中的名門，一等爵士家的威魯茲布魯克家族。報紙裡還寫著繼劍武大會之後，他也在四月舉行的「四帝國統一大會」裡漂亮地取得優勝，最後獲得被招待進入公理教會聖庭的榮譽。

碰上了擁有如此實力的對手，也難怪莉娜學姊他們會在比賽當中落敗了——但尤吉歐卻有面對什麼樣的豪傑都得獲勝的理由。他一定得在明年的統一大會當中，繼今年的諾蘭卡魯斯北帝國代表之後取得優勝，然後穿過中央聖堂的大門。

——到時候就拜託你了，要助我一臂之力啊。

在心中這麼說道的尤吉歐將愛劍連劍尖都擦亮之後便抬起頭來，這時桐人也咻一聲從折成兩半的沾油皮革當中抽出自己的劍。尤吉歐看著油燈照耀下漆黑閃亮的劍身，一會兒後便開口說道：

「桐人啊……」

「嗯？」

「你究竟幫這把劍取名字了沒啊？」

自從這把劍完成之後，尤吉歐已經是第四次問這個問題了，但桐人這時還是說出同樣的答案：

「唔姆……還沒……」

「快點決定一下嘛。老是被人用『黑色傢伙』來稱呼，劍也太可憐了吧。」

「嗯……我好像覺得以前生活的地方，劍打從一開始就有名字了耶……」

正當尤吉歐想繼續對隨便找藉口的桐人抱怨時，夥伴忽然把手抬到他眼前，讓他只能不斷眨眼睛。

「怎、怎麼啦？」

「等一下，現在響的是四點半的鐘聲吧。」

「咦……」

豎起耳朵之後，確實能聽見斷斷續續的鐘聲夾雜在狂風當中。

「真的耶，已經這麼晚了嗎？都沒聽見四點的鐘聲呢。」

看了一下失去陽光的窗外後尤吉歐便這麼低聲說道，結果桐人忽然露出嚴肅的表情並呢喃說道：

「羅妮耶她們怎麼還沒來呢。」

尤吉歐這才驚訝得屏住了呼吸。話說回來，緹潔與羅妮耶成為隨侍劍士後，一定都會在四點鐘聲響前就來到這裡打掃房間。尤吉歐將慢慢湧上喉嚨的不安感覺壓了回去，接著輕輕聳了聳肩。

「唉呀，現在風大雨大啊。可能是在等雨停吧？何況院規裡也沒有規定掃除開始的時間……」

「那兩個人會因為下大雨就遲到嗎……」

桐人像在思考什麼般看著手邊，接著又繼續說：

「我有種不好的預感。我還是去一趟初等練士宿舍吧。也可能會剛好錯過，所以尤吉歐就在這裡等她們過來吧。」

桐人把保養好的黑劍收回劍鞘並將放在桌上，接著便站了起來。他套上擋雨的薄外套，一邊用左手扣上釦子一邊以右手打開窗戶。

「喂，桐人，從前面去比較……」

因為參雜雨滴的強風而繃起臉的尤吉歐話才說到一半，夥伴已經輕輕跳到窗戶旁邊的樹枝上，接著就留下沙沙的聲音消失了。嘆了一口表示「這傢伙怎麼這麼性急」的氣後，尤吉歐隨即把打開的窗戶關了起來。

暴風雨的聲音一變小，反倒是牆壁上油燈燃燒的聲音變得特別明顯。

尤吉歐帶著莫名的不安回到長椅子上，接著拿起桌上的藍薔薇之劍並且緩緩將其收進劍鞘裡。

雖然高級神聖術裡頭有能夠找出他人所在位置的術式，但那需要大量的空間神聖力，所以沒有媒體便無法使用。何況只要在學院內，就不能在未告知的情況下使用以他人為對象的術式，就算只是無害的神聖術也是一樣。因此尤吉歐只能坐在長椅子上靜靜等待結果出現。

異常漫長的幾分鐘過去——室內終於響起喀喀的細微敲門聲。

一聽見聲響，尤吉歐隨即呼一聲吐出長長的一口氣。「看吧，誰叫你從窗子出去，果然擦身而過了吧」，心裡這麼想的尤吉歐從長椅子上站起來，快步橫越房間並且把門打開。

「太好了，我正在擔……」

話說到這裡，尤吉歐便倏然閉上嘴巴。因為映入眼簾的，不是熟悉的紅色與深棕色，而是被風吹亂的淡茶色頭髮。

一位既非羅妮耶也不是緹潔的陌生少女就站在走廊上。她切齊的短髮以及灰色初等練士制服都被雨淋濕，滴著水滴的臉頰完全沒有任何血色。讓人想起小鹿的大眼睛因為焦慮而整個撐大，單薄的嘴唇也不停地發抖。

少女抬頭看著呆立在現場的尤吉歐並且擠出細微的聲音說：

「那個……請問是尤吉歐上級修劍士嗎……？」

「啊……嗯、嗯。妳是……？」

「我……我是芙蕾妮卡．歇絲基初等練士。突、突然冒昧的來訪真的很抱歉。但是……我、我已經不知道該怎麼辦才好了……」

「妳就是芙蕾妮卡嗎……」

尤吉歐再次看了一下這名嬌小的初等練士。看見她不適合當劍士的纖細身體，以及應該比較適合編花冠的小手後，對於溫貝爾竟然欺負這小女孩的怒氣便再次湧上心頭。

但在尤吉歐開口說話之前，在胸前緊握住雙手的芙蕾妮卡發出狼狽的聲音：

「那個……我由衷地感謝尤吉歐修劍士幫忙處理我和溫貝爾・吉傑克修劍士之間的紛爭。所以……之前的事情我想您都已經知道，我也就不再說明了……但是吉傑克學長他今天晚上，又命令我……做出難以啟齒的服務……」

可能光是這麼說就已經感覺到烈火焚身般的恥辱了吧，只見芙蕾妮卡緊繃著讓人慘不忍睹的蒼白臉龐繼續說著：

「我、我心想如果要繼續接受這種命令的話，乾……乾脆就離開這座學院，於是便把這個想法告訴緹潔與羅妮耶，聽到我說的話之後，兩個人便說要直接請求吉傑克學長別再這麼做而離開宿舍……」

「妳說什麼？」

尤吉歐用沙啞的聲音低聲說道。他握著白色皮革劍鞘的指尖迅速開始發冷。

「但我等了很久也不見她們兩個人回來，所、所以已經不知道該怎麼辦才好……」

「她們兩個人是什麼時候離開的……？」

「我記得是三點半的鐘聲響完後馬上就出門了。」

目前已經過了一個小時以上。尤吉歐屏住呼吸並且凝視著走廊那邊的門。這麼說來，緹潔她們同樣是在修劍士宿舍的三樓囉。但是抗議與請求應該花不了這麼多時間才對。

尤吉歐馬上轉頭看了一下依然在風雨襲擊之下的窗戶，不過完全沒有桐人回到房裡來的動靜。在這樣的暴風雨下，往來於初等練士宿舍之間至少也得花上十五分鐘。做出沒辦法再等下去的判斷後，尤吉歐便快速地告訴芙蕾妮卡說：

「我知道了。我會去看一下究竟發生什麼事，妳先在我們房間裡等一等。然後……桐人回來的話，可以幫我請他到溫貝爾的房間來一趟嗎？」

留下以不安的神情點著頭的芙蕾妮卡，尤吉歐立刻離開房間。在由木頭拼湊成幾何圖形的地板上走了幾步後，才注意到竟然直接把剛保養完的藍薔薇之劍帶過來了。但這時實在不想再花時間把它拿回房間去，於是尤吉歐便把劍拿在左手上，接著快步經過彎曲的走廊往東前進。

感覺每走一步，胸口就出現更多不安的凝聚體。

緹潔和羅妮耶直接前去抗議的理由其實相當明顯了。其中一個原因是尤吉歐與桐人的抗議沒有效果，另一個就是緹潔昨天在尤吉歐房間裡說過——要變強，要能夠勇敢地把對的事情說出來，所以她目前就是在實現這個諾言。

但是，如果這才是……

「打從一開始他們的目標就不是我，而是緹潔與羅妮耶嗎……？」

尤吉歐一邊跑一邊以呻吟般的語氣這麼說道。

身分相同的練士或者修劍士之間幾乎不會有什麼言詞的顧忌。但初等練士對上級修劍士抗議就又另當別論了。不特別注意用詞遣字的話，就會變成學院規則裡頭的失禮行為。而那個時候修劍士就擁有能夠代替教官行使的「懲罰權」。就像過去桐人將泥塊濺到渦羅·利邦提的制服上時一樣。

尤吉歐拚命翻動腦海裡的院規頁面。

——上級修劍士行使懲罰權時，僅能由下列三種命令中擇一實行之：一、清掃學院用地（面積記載於別項當中）。二、使用木劍之修練（內容記載於別項當中）。三、與修劍士本人之比試（比賽規定記載於別項當中）。另外，所有懲罰皆無法凌駕上級法規。

這裡的上級法規，指的當然就是帝國基本法與禁忌目錄了。也就是說沒有正當理由的情況下，不能減少他人天命的禁忌將優先於懲罰權。假如溫貝爾命令緹潔與他比試，而且規則不是點到為止而是先擊勝負，那她們兩個人只要不答應這個條件的話，身體就不會受到傷害。因此就算溫貝爾行使了懲罰權，應該也不用太擔心才對。

但是深深刺進心臟的不安感卻遲遲無法消失。

在呈圓形的三樓走廊跑了一會兒，終於來到最東邊那扇緊閉的門前。停下腳步的尤吉歐等不及調整呼吸就用右拳粗暴地敲起門來。

幾秒鐘後，從裡頭傳來溫貝爾含糊的聲音。

「唉呀唉呀，怎麼這麼慢才來呢，尤吉歐上級修劍士。來來，快點進來吧！」

對方簡直就像知道尤吉歐會前來的說話方式讓他的焦慮感更加嚴重，於是便一口氣把門打開。

增設的高級油燈燈心已經被轉緊，使得共用的客廳比前幾天來時暗多了。而且裡頭還燒著味道濃厚的東域產焚香，讓房間裡飄著淡淡的煙霧。尤吉歐的臉雖然因為濃烈的氣味而繃了起來，但目光還是迅速往室內掃了一遍。

可以看見跟昨天一樣罩著薄長衫的萊歐斯與溫貝爾坐在中央的長椅子上。背對著尤吉歐的萊歐斯這時還是把雙腳放在桌面，然後左手還抓著一只薄薄的杯子。裡頭那些許暗紅色的液體看起來應該是葡萄酒。雖然上級修劍士在宿舍內能夠飲用一定程度的酒，但在非休息日的飲酒並不是什麼值得讚賞的行為。

坐在對面的溫貝爾似乎也已經喝了一些酒。他微紅的臉上先露出弛緩的笑容，然後抬頭看著尤吉歐並且說：

「別站在那裡，過來坐下如何啊，尤吉歐同學。我們剛好開了一瓶西帝國產的五十年紅酒。這可是平民喝不到的美饌唷？」

溫貝爾除了要尤吉歐坐下外，甚至還準備請他喝酒，但這種舉動反而讓尤吉歐更加覺得不尋常，於是他趕緊默默看遍了房間的所有角落。就算光線不足，還是能看出室內除了三個人外就沒有其他人在了。

羅妮耶和緹潔沒有到這裡來嗎，還是已經離開了呢？但如果是這樣的話，為什麼沒有來到桐人和尤吉歐在同一層樓的房間呢——雖然腦袋裡瞬間閃過幾個疑問，但尤吉歐還是先放鬆肩膀的力道，輕輕搖著頭並且回答：

「謝謝，不過我不喝酒。倒是吉傑克修劍士……」

他往前走了一步，仔細選擇用詞遣字然後詢問：

「請恕我冒昧問一下，我的隨侍緹潔．休特里涅初等練士以及桐人的隨侍羅妮耶．阿拉貝魯初等練士今天有到二位的房間來嗎？」

尤吉歐以沙啞的聲音說完後，回答他的不是溫貝爾，而是一直背對著他的萊歐斯．安提諾斯。他一邊舉起左手的杯子一邊回過頭來，然後用瞇起來的眼睛看著尤吉歐。

「……尤吉歐修劍士，你的臉色看起來不太好啊。怎麼樣，要不要來一杯提振一下精神？」

「不用你費心了。可以請你回答我的問題嗎？」

「呵呵，那真是可惜了。這真的只是我對朋友的小小貼心舉動唷？」

尤吉歐意識到緊握住劍鞘的左手已經滲出大量汗水。但萊歐斯就像是用尤吉歐的模樣來當下酒菜般持續看著他，稍微啜了一小口酒後才把杯子放回桌上。

「唔姆。那兩個人……原來是尤吉歐同學與桐人同學的隨侍嗎？」

他以黏膩的語氣說完後，又用舌尖舔了一下沾在嘴唇上的紅酒。

「忽然就跑來要求與站在全學生頂點的首席以及次席上級修劍士見面，實在是兩名相當有勇氣的初級練士。真不愧是二位的隨侍。不過還是得特別注意一下，過於激動的態度有時候會變成無禮與不敬啊。你不這麼認為嗎，尤吉歐修劍士。唉呀……這就是我的失言了。詢問尤吉歐修劍士貴族的禮儀根本沒有用嘛，呵呵、呵呵呵……」

緹潔和羅妮耶果然有到這裡。

尤吉歐壓抑住抓起萊歐斯長衫領口的衝動後，以緊張的聲音繼續問道：

「下次有機會的話定當恭聽首席的高見。現在是不是可以先告訴我緹潔與羅妮耶人在哪裡呢？」

結果這次換成溫貝爾像是故意要賣關子般一邊倒著葡萄酒一邊說道：

「……尤吉歐同學，雖然她們只是下級爵士家的子女，但對於原本只是在邊境砍樹的一介平民來說，指導她們是不是負擔有點太重了呢？哼哼哼，還是說……就是因為尤吉歐同學的指導力不足，那兩個人才會對四等子爵家長子的我做出那種無禮舉動呢。如果是這樣的話，雖然極為不願意，我也只能盡自己崇高的義務了。因為身為上級爵士，本來就有義務糾正下級爵士的紀律。」

「溫貝爾同學……！你到底……」

尤吉歐原本要接著說出「做了些什麼」，但溫貝爾卻搶先用左手制止他，在一口氣喝完杯裡的酒後便站了起來。接著萊歐斯也跟著起身，兩人一起往房間東側移動了幾步。

並肩站在一起的上級貴族繼承人們，竟然像兄弟般露出極為相似的惡毒笑容，然後互相瞄了對方一眼。

「……那麼就讓尤吉歐同學欣賞一下今天最精彩的節目吧，萊歐斯少爺。」

「好吧，溫貝爾。雖然還少了一個觀眾，但我已經等不及了。他應該不久後就會趕上來了吧。」

「……節目……等不及了……？」

尤吉歐一臉茫然地如此重複著，溫貝爾這時又用他細長的下巴對著尤吉歐比了一下。接著兩人便拖著長衫轉過身子，朝著西側的寢室走去。而尤吉歐也只能踩著虛浮的腳步追了上去。

溫貝爾打開的門後方，是一片濃密的黑暗以及嗆鼻的香味與煙霧。萊歐斯首先消失在黑暗當中，接著溫貝爾也走了進去。

看見盤踞在地板上的淡紫色煙霧，尤吉歐隨即停下腳步。因為他有種這些煙霧不應該存在於這座修劍學院的感覺——不對，這種邪惡之氣根本不應該存在於廣大人界。感覺上它們甚至比兩年前，在盡頭山脈洞窟裡遭遇到的恐怖黑暗種族——哥布林集團的火堆所冒出來的煙還要邪惡。

就在尤吉歐反射性想轉過身去的瞬間，忽然感覺嗅到了一股極細微的清香。那很像自己曾經聞過的索爾貝葉香氣。

而緹潔的制服上就有這種味道。

「……緹潔……羅妮耶……！」

當他一邊喊著隨侍練士的名字一邊衝進寢室的瞬間，牆壁上的油燈就被點著了。

尤吉歐所看見的是——有頂篷的大床上並排躺著兩位少女。不對，應該說被丟在床上才對。這是因為身穿灰色初等練士制服的兩人，都被鮮紅色的繩子重重綑住了。不知道是不是這股濃密香氣的緣故，紅色與茶色眼睛都呆呆地望著天空，看起來有點意識模糊的樣子。

「什……為、為什麼……」

以愕然的表情如此低聲說完後，尤吉歐才想到得先幫她們兩人鬆綁而準備往床旁邊衝去。

但是……

「不要亂動啊！」

尖聲大叫的萊歐斯把張開的手掌伸到尤吉歐面前。於是尤吉歐只好把視線移了過去，接著擠出沙啞的聲音：

「萊……萊歐斯同學，這到底是怎麼回事？為什麼用這種方式對待我和桐人的隨侍練士……」

「這是沒辦法的事啊，尤吉歐同學。」

「沒辦法……的事……？」

「沒錯。休特里涅初等練士和阿拉貝魯初等練士今天晚上在沒有事先告知的情況下來到我們房間，而且還對我們做出極為無禮的行為。」

「什麼……無禮的行為……？」

看見茫然如此問道的尤吉歐後，從牆邊走出來的溫貝爾隨即一邊笑一邊回答：

「只能說是無禮至極唷。真的很想讓你也聽聽看……這兩個下級貴族的小女孩，竟然敢說我這個四等爵士毫無理由就虐待自己的隨侍來滿足自己的慾望。身為次席修劍士的我，明明只是為了要導正芙蕾妮卡唷？就算我再怎麼寬宏大量——也沒辦法饒恕這種無禮的行為。」

「還不只是這樣而已啊，尤吉歐同學。這兩個人還說出和溫貝爾同寢室的我也有責任這種沒有道理的話。我才剛回答聽不懂她們在說什麼，結果實在太嚇人了……只不過是六等爵士家的小女孩，竟然敢對身為三等爵士家長子的我說出『你還有貴族的榮譽感嗎』這種話？唉呀，這可真是讓人困擾啊。」

這時溫貝爾與萊歐斯再度面面相覷，然後發出嘻嘻竊笑的聲音。

很明顯的，他們從一開始就打算造成這種狀況了。溫貝爾知道自己的隨侍芙蕾妮卡和緹潔、羅妮耶感情相當地好，所以才會不斷虐待、污辱她，一直到緹潔她們直接到這房間來抗議為止。

當然緹潔她們一開始一定也相當注意用詞遣字。但是在萊歐斯與溫貝爾推卸責任的態度挑釁之下，終於忍不住說出了會被當成失禮行為的發言。

只不過——

「但是……萊歐斯同學。就算有這樣的事情……把她們綁起來並且關在寢室也是超出修劍士懲罰權的脫序行為吧……！」

好不容易壓抑下快要爆炸的情感後，尤吉歐才做出這樣的指責。

緹潔和羅妮耶只是隔著制服被綁起來，身體看起來沒有受傷。但按照學院規則，對有了失禮行為的練士只能行使掃除、練習以及比試等三種懲罰而已。用繩子將人綁起來很明顯不是這三種懲罰之一。也就是說，萊歐斯他們的行為才是違反學院規則——

「修劍士懲罰權？」

忽然這麼低聲說道的萊歐斯，直接彎下修長的身軀把臉靠近尤吉歐。

「我什麼時候說過行使了懲罰權那種騙小孩子的權利啊？」

「這……這到底是怎麼回事。學院規則裡對懲罰練士的失禮行為應該有相當嚴密的規定……」

「這就是你的疏忽了。你忘了學院規則裡還有這麼一條附記嗎？裡面寫著——另外，所有懲罰皆無法凌駕上級法規。」

這時萊歐斯的表情忽然整個改變。異常紅潤的嘴唇兩端完全上揚，露出了過去從未見過的殘虐笑容。

「上級法也就是禁忌目錄還有帝國基本法。因此我沒辦法主動減少那兩個女孩子的天命。所以使用的繩子是由東域產的絲絹所製成，這是伸縮性十足的高級品……無論綁多緊都不會讓人受傷唷。」

「但、但是！不管繩子再怎麼高級，用它將學生綁起來的懲罰也……」

「尤吉歐修劍士，你還搞不懂嗎？無法凌駕上級法的意思，也就是……三等爵士家長子的我，對這兩個六等爵士家出身的女孩行使的不是修劍士懲罰權而是貴族裁決權啊！」

——貴族裁決權。

一聽見這個單字，尤吉歐馬上想起之前郊遊時緹潔曾經說過的話。

貴族裁決權的涵蓋範圍最多只到四等爵士為止，五等以下的爵士反而會成為上級貴族的裁決對象……

萊歐斯像是在享受尤吉歐茫然的表情般沉默了一陣子，然後才用演戲般的誇張動作張開雙臂，以更尖銳的聲音大叫：

「裁決權正是上級貴族最大的特權！雖然行使對象只有五等、六等爵士以及他們的家人，還有生活在私人領地上的平民而已。但懲罰的內容可以自由決定！當然還是得遵從禁忌目錄，但反過來說，只要不是禁忌的話要怎麼做都無所謂！」

聽到這裡後，尤吉歐總算從衝擊當中恢復過來，他馬上開口表示：

「但……但是！就算做什麼都可以，用繩子把還只有十五、六歲的女孩子綁起來也太過分……」

「哈哈……哈哈哈、哈哈哈哈哈！」

溫貝爾忽然發出尖銳的笑聲。雖然身上黃色長衫已經因為身體震動而顯得凌亂，但他還是繼續嘲笑尤吉歐說：

「哈哈哈，這真是傑作啊，萊歐斯少爺！尤吉歐修劍士似乎認為用繩子把她們綁起來就是我們的裁決了！」

「哼哼，這也不能怪他啊，溫貝爾。他從邊境的小村子千里迢迢來到央都，而且服侍的修劍士也是平民出身！不過，今天之後尤吉歐同學應該就能了解……我們上級貴族是多麼尊貴的存在了！」

丟下這些話後，萊歐斯便轉過身子——

走近緹潔與羅妮耶躺著的床上，然後毫不猶豫地把膝蓋放了上去。床鋪發出了嘎吱聲後，原本一直處於意識朦朧狀態的緹潔開始眨了好幾次眼睛。

她紅色的瞳孔慢慢放大，捕捉到想要趴到自己身上的萊歐斯。這個時候，她細微的聲音馬上在寢室裡響起。

「不……不要啊……！」

雖然扭動著身軀想要逃走，但在手腳都被綁住的情況下根本沒辦法做到。萊歐斯伸出蒼白的手，在緹潔臉上輕輕摸了一下。

旁邊也跟著爬上床的溫貝爾已經把手伸到羅妮耶的腳上。晚了一會兒醒過來的羅妮耶剛理解整個狀況，立刻發出不成聲的悲鳴。

這時候尤吉歐終於理解近在三梅爾前方所執行的「裁決」究竟是什麼樣的內容。

萊歐斯與溫貝爾想要用自己的肉體玷污緹潔與羅妮耶。尤吉歐一直深信——只有得到史提西亞神祝福而成為夫婦的男女才能有這種行為，但現在他們卻要藉由貴族裁判權之名強迫女孩與他們發生關係。

了解他們意圖的瞬間，尤吉歐馬上大叫了起來：

「住手啊……！」

正當尤吉歐想衝到床邊而踏出一步的瞬間。忽然抬起頭來的萊歐斯雙眼忽然發出強光並且大叫著：

「別亂動，平民！」

他用右手撫摸緹潔的臉，然後以左手指著尤吉歐的臉說：

「這是根據帝國基本法以及禁忌目錄所執行的正當且嚴肅的貴族裁決！而且妨礙裁決權也是重大違法行為！你要是再動一步的話，就會變成違背法律的罪人！」

「誰……」

誰理你什麼法律！

快點放開緹潔與羅妮耶！

尤吉歐拚命想這麼大叫。他很想這麼大叫並且朝萊歐斯撲過去。但是……

雙腳忽然像被釘在地板上一樣自己停了下來。甚至還因為去勢過猛而跪到地上。雖然急忙想站起身子，但腳卻完全不聽使喚。

萊歐斯那句「違背法律的罪人」不停在他腦袋裡迴響著。法律算得了什麼，就算變成罪人也要解救緹潔和羅妮耶，尤吉歐心裡雖然這麼想，卻聽見某處傳來一道不知來自於何人的聲音：

公理教會是絕對權威。絕對不可違背禁忌目錄。無論任何人都不能違背這兩者。

「嗚……嗚……！」

尤吉歐咬緊牙根，拚命抵抗這道聲音並且抬起右腳。穿習慣的皮革長靴——以及當中的腳這時都變得跟鉛塊一樣重。瞄了一眼尤吉歐的模樣後，萊歐斯便發出嘲弄般的呢喃：

「沒錯，乖乖在那裡看就好了。」

「嗚……嗚嗚……」

尤吉歐不理會他的發言，好不容易才用死命抬起的右腳踩住地板，但怎麼樣就是沒辦法撐起上半身。這段時間裡，在床上的萊歐斯與溫貝爾已經將他們的髒手往緹潔以及羅妮耶伸去。

「學長——」

即使聽見這道細微的聲音，尤吉歐還是只能移動視線。

結果被萊歐斯壓在身體下的緹潔只把臉轉過來筆直地看著尤吉歐。總是像蘋果那麼紅的臉頰已經因為極度恐懼而發綠，但眼睛裡還是帶有堅強意志的光輝。

「學長，請不要動。我不要緊的……這是我應該受的處罰。」

雖然是斷斷續續且顫抖的聲音，但緹潔還是毅然把話說完，在點了一下頭之後就又把臉轉回正上方。她瞪了萊歐斯一眼後，隨即緊閉起眼睛。緹潔身邊的羅妮耶雖然把臉靠在她肩膀上，但也不再發出悲鳴了。

看見少女們的決心後，萊歐斯雖然因為有些驚訝而縮回身體——

但馬上又露出狠毒的笑容並且呢喃：

「想不到六等爵士家的小女孩還能夠下這麼大的決心。我倒要看看妳們能撐到什麼地步，這下子又多了一項樂趣了，對吧溫貝爾。」

「那麼我們就來比賽看誰先讓她們大哭大叫吧，萊歐斯少爺。」

兩人不但說出完全感覺不到貴族尊嚴的發言，臉上也只充斥著原始的興奮與慾望。

自己好像在哪裡看過這種表情。尤吉歐一邊拚命想讓無法動彈的腳往前走，一邊用有些麻痺的腦袋這麼想著。對了，那是兩年在北方洞窟看過的哥布林臉孔。他們兩個人這時就跟準備用蠻刀砍死尤吉歐與桐人的黑暗國度居民一樣。

萊歐斯與溫貝爾同時把手伸向緹潔與羅妮耶的臉之後，像是要挑起兩人恐懼與恥辱的感情般用指尖在她們的額頭與臉頰爬動。之所以巧妙地避過嘴唇，是因為訂立結婚誓言前的嘴唇是不准直接觸碰的。但是——如果這算禁忌的話，那麼允許用強硬手段凌辱未婚少女的法律究竟是怎麼回事？這樣的法律真的有存在的意義嗎？

刺痛。

右眼深處突然感到一陣銳利的疼痛。在對法律或教會有所懷疑時，總是會產生這種奇妙的感覺。

平常的話，在感覺到這股疼痛時就會反射性停止思考。但是現在，就只有現在，狼狽蹲在地上的尤吉歐還是繼續思考著。

所有的法律與禁忌，應該都是為了讓生活在人界的所有人民能夠過著幸福日子的存在才對。不能夠竊盜。不能夠傷害他人。還有不能違逆公理教會。只要所有人民遵守這些規定，世界就能保持和平。

但如果是這樣的話，為什麼這些法律都只有「禁止」呢。不必花費數百頁來列舉各種禁止條項，只要寫上「任何人都必須尊重他人並且付出敬意，同時抱持一顆仁愛之心」不就好了嗎？只要禁忌目錄上有這麼一句話，就不會發生萊歐斯他們設下陷阱來玩弄緹潔與羅妮耶的事了。

這也就是說，就算以教會的權威，也不可能讓所有的人類都只保持善良之心。這是因為……這是因為……

人類原本就是擁有善惡兩種心腸的存在。

禁忌目錄只不過能壓抑人類的一小部分邪惡之心。所以萊歐斯與溫貝爾才能輕鬆地鑽過法律漏洞，不對，某種意義上來說他們甚至是藉由法律來玷污無罪的少女。而且尤吉歐根本沒有任何能妨礙他們的權力。這個瞬間，法律允許了萊歐斯他們的行為並且封鎖了尤吉歐的行動。

上級貴族們似乎已經忘記尤吉歐的存在，只是一邊用發光的眼睛看著少女全身一邊撐起身體。他們拉開身前的長衫，為了要實行最終步驟而撲到兩個女孩身上。

在感覺到男人們接近的瞬間，緹潔與羅妮耶的臉便因為比剛才更加倍的恐懼與厭惡而產生扭曲。雖然像是要哀求對方停手般劇烈地搖著頭，但反而更加高興的萊歐斯與溫貝爾依然慢慢將身體靠了過去。

終於，羅妮耶嘴裡再度傳出細微的聲音。

「不、不要……不要……不要啊………！」

聽見好友的哭聲之後，緹潔可能也到達忍耐的界限了吧。只見斗大的淚水與悲鳴同時迸發出來。

「不要……救救我……救救我吧，尤吉歐學長！尤吉歐學長——！」

為了朋友芙蕾妮卡而鼓起勇氣展開行動的緹潔與羅妮耶，法律竟然給予她們兩人如此殘酷的懲罰。

但法律卻無法制止施展詭計對少女們設下陷阱，現在馬上就要玷污兩人純潔的萊歐斯與溫貝爾。

如果遵守這樣的法律才叫良善。

「那麼我………」

尤吉歐拚命抬起從頭到腳都變得像鉛塊一樣重的身體，右手接著往左手握住的藍薔薇之劍劍柄伸去。曾幾何時，右眼感覺到的已經不是疼痛而變成了一片灼熱，雖然視野開始變紅，但尤吉歐還是無視這一點而握緊劍柄。

拔出擁有銳利鋼刃的劍並將其對準萊歐斯他們的瞬間，尤吉歐應該就會失去在這座學院裡所得到的一切吧。不論是上級修劍士第五名的寶座還是學籍，甚至連成為學院劍士代表而參加劍武大會的目標都會變成泡影。

但是這個時候要是只有旁觀萊歐斯他們的行為，一定會喪失更重要的東西。自己身為劍士的驕傲……不對，應該說自己的心就會支離破碎了。

前天郊遊的時候，桐人曾這麼說過。有些事情就算法律禁止也還是非做不可。有些事情比法律、禁忌以及公理教會都要重要。

現在自己終於能夠了解。八年前，愛麗絲為什麼會觸碰到暗之國的土地。

那個時候，愛麗絲一定是要幫助胸部被整合騎士貫穿而瀕死的黑暗騎士。她這麼做，就是為了自己心中重要的事物。

現在輪到尤吉歐了。雖然說不出這個重要的東西究竟是什麼——即使對許多生活在人界的人來說，那東西可能還會被歸類為「惡」。

「但…………我還是！」

發出不成聲的吼叫後，尤吉歐便試著要從劍鞘當中拔出藍薔薇之劍。

但是……

劍與劍鞘，不對，應該說手臂就像是被冰封住一樣，右手忽然就停止了動作。同一時間，一道劇烈的疼痛貫穿了他的腦袋中央以及右眼。變得鮮紅的視野爆出火花，讓尤吉歐幾乎要喪失意識。

……………這是……怎麼回事。

………………不對，這和………………那個時候一樣。

和八年前盧利特村的教會廣場上，想要解救快被整合騎士帶走的愛麗絲時一模一樣。

將劍拔出幾米釐賽的尤吉歐完全無法動彈。而且發不出任何聲音。

他的雙腳就像長了深入地面的樹根一樣，連一動都沒辦法動。

萊歐斯與溫貝爾像是注意到有點不對勁，轉過頭來看見握著劍狼狽地僵在那裡的尤吉歐後便不屑地笑了一下。他們反而像是要表演給尤吉歐看一樣，更加緩慢地將腰部靠近哭喊的緹潔與羅妮耶。

面對這兩個人的尤吉歐，眼前出現了奇妙的符號。

在右眼變成淡紅色的視野中央。有幾個帶著血一般光輝的神聖文字排成圓圈並且向右旋轉。雖然看得出寫著「ＳＹＳＴＥＭ　ＡＬＥＲＴ：ＣＯＤＥ８７１」，卻完全不懂是什麼意思。

但是尤吉歐馬上感覺到這是某種「封印」。被施在右眼深處的封印，在八年前的那個時候以及現在都妨礙著尤吉歐的行動，想強制讓他遵從法律。就因為這道封印，自己只能眼睜睜地看著愛麗絲被人帶走。

「嗚……咕……哦哦……！」

他死命拉回快要喪失的意識，接著同時凝視深紅的封印，以及後方正準備侵入少女們身體的萊歐斯與溫貝爾。

無法饒恕。絕對饒不了他們。對兩人的憎惡變成了力量，讓尤吉歐的右臂動了起來。劍鞘中的劍身慢慢往外移動。但視野當中的神聖文字也因此而越變越大，旋轉速度也愈來愈快。

「不、不要啊啊啊————！學長————！」

緹潔大叫著。

「嗚……哦哦哦啊啊啊啊啊————！」

就在尤吉歐也發出怒吼的瞬間。

右眼忽然爆發出銀色光芒，並且隨著「啪嚓！」一聲，眼球整個從內側轟散。

雖然喪失了單眼的視力，但尤吉歐根本沒有注意到這一點，他直接用力拔出藍薔薇之劍。劍身在尚未完全出鞘之前，就已經帶著藍色光芒。

這是艾恩葛朗特流祕奧義，平面斬。

萊歐斯的眼角可能捕捉到這近似閃電的一擊了吧，只見他在緊要關頭時往下面躲開。飄逸的金髮碰到劍刃後立刻飛灰煙滅。

但是後面的溫貝爾在注意到尤吉歐的動作時已經來不及了。當他停下快要成功侵犯羅妮耶的身體緩緩左轉的瞬間，兩眼便整個撐得老大。

「咿……」

他隨著悲鳴而反射性舉起的左臂，接著手肘部分就像被藍薔薇之劍吸進去般整個被砍中。

雖然沒有什麼實際的手感。但溫貝爾的左臂已經從正中間左右被切成兩段，斷手還一邊迴轉一邊在空中飛舞，最後掉到了豪華的地毯上。

所有人都沒辦法活動，同時也發不出任何聲音。尤吉歐保持揮完劍的姿勢，只感覺到應該不存在的右眼還殘留著疼痛感。

不久之後——

溫貝爾高高舉起的左臂切斷面當中「噗咻」一聲噴出大量的血液。這些血液幾乎都滴到帶有光澤的床單上將其染成鮮紅色，但有一部分則是噴到了尤吉歐的左半身，在他藍色制服上留下黑色的斑點。

「哇……啊啊……啊啊啊啊————！」

接著就是尖銳的叫聲從溫貝爾喉嚨當中迸發出來。他將眼睛與嘴巴張得老大，凝視著不斷從手臂上流出來的血液。

「我……我……我的手臂……！血……流出一大堆血了…………！天命……天命一直在減

少啊啊啊！」

這時溫貝爾好不容易用右手抓住切斷面，但光是這樣還是無法止血。看見紅色血液不斷滴在床單上的他，馬上靠到左側的萊歐斯身邊。

「萊、萊歐斯少爺！快使用神聖術！不對，普通的術式已經來不及了……請、請把天命分給我吧……！」

如此懇求著的他伸出了沾滿鮮血的右手——但萊歐斯卻迅速避開了去，並且離開了床鋪。這時緹潔與羅妮耶似乎還無法理解究竟發生了什麼事，只是一臉茫然地躺在床單上。

「萊歐斯少爺，請給我天命吧——！」

溫貝爾持續這麼大叫著，但萊歐斯只是用帶著驚訝與冷漠的眼神看著他，說了一句：

「……別鬼叫了，溫貝爾。我曾經在某本書上看過……少掉一隻手不會讓天命完全消失啦。先用絲綢繩子把它纏起來，別讓血繼續流了。」

「怎、怎麼這樣……」

「倒是——你看到了嗎，溫貝爾。」

這時溫貝爾已經解開羅妮耶她們腳上的繩子，拚了命地將它們纏在手上，萊歐斯把視線從他身上移開後，直接低頭看著揮完劍之後就蹲在地上的尤吉歐。他隨即又用舌尖舔了好幾次完全扭曲的嘴唇。

「把你的手砍斷的，就是這個鄉下土包子的劍。太了不起了……我還是……第一次看見犯下如此禁忌的人。原本只期待他會做出什麼失禮的行為……沒想到竟然違反了禁忌目錄！實在是太了不起了！」

拉好前面已經翻開的長衫後，萊歐斯立刻走到床鋪對面的牆邊。接著拿下牆上一口有著紅色皮革劍鞘的長劍。

「原則上貴族裁決權的對象就只有下級貴族與私人領地上的人民……但犯了禁忌的大罪人則不在此限！」

他用比準備侵犯緹潔時還要興奮的口氣大叫著，然後把劍鞘丟到一旁。接著右手高舉起閃爍鏡子般銀色亮光的長劍。

這時窗外響起一陣更為激烈的雷鳴。劍身也隨即反射紫色光芒射向尤吉歐的左眼。萊歐斯・安提諾斯顯然要用這把劍制裁……也就是殺掉尤吉歐。但尤吉歐卻沒有任何反應。違反禁忌目錄，接著被謎樣封印奪走右眼但還是用劍砍了溫貝爾的衝擊實在太過強烈，此時的他別說是擺出戰鬥姿勢了，根本連動都沒辦法動一下。

「哼、哼哼哼……太可惜了，尤吉歐修劍士。原本很期待能在下個月的檢定比賽裡和你交手。沒想到竟然會以這樣的形式和你告別。」

以透露出狂喜的聲音說完後，萊歐斯便走近了一、兩步。

尤吉歐用模糊的左眼往上看著高高舉起的長劍。

雖然想著得行動，不能在這裡被殺掉，但內心也有另一股「別再抵抗了」的聲音。成為整合騎士後到教會裡見愛麗絲的夢想已經完全消滅了。愛劍染上了人類的血，尤吉歐也變成了大罪人。不過至少已經解救了緹潔與羅妮耶。萊歐斯與溫貝爾應該不會繼續侵犯她們了。那麼——這也是在犯下恐怖罪行中的一絲救贖。

「哼、哼哼……連本少爺也是第一次用真劍砍下人的首級。不對，我想連父親與叔叔都沒有這種經驗。這下子我將變得更強……甚至可以遠遠超過那個利邦提家的繼承人。」

萊歐斯的劍與臉再度映出白光，接著則是震耳欲聾的雷鳴。這時就連蹲在地上抱著左臂的溫貝爾都像忘記疼痛般瞪大雙眼，而躺在床上的緹潔則是拚命想要說些什麼。

對著雖然只有短短一個月，但很努力擔任自己隨侍的初等練士輕輕一笑後，尤吉歐便垂下了脖子。

「尤吉歐修劍士，不對，大罪人尤吉歐！三等爵士家的長男萊歐斯．安提諾斯將依據貴族裁決權來執行你的處決！把你的天命奉獻給神明……藉此來彌補你的罪過吧！」

萊歐斯．安提諾斯高聲大叫，接著劍也發出呼嘯聲——

「叮——！」這時只聽見一陣劇烈的金屬碰撞聲。遲遲等不到劍刃落到自己頭上的尤吉歐緩緩抬起頭來，接著看見了……

萊歐斯揮到一半的劍，被下方另一把……擁有漆黑劍身的長劍給擋住了。那條從後面伸出來的手臂也包裹在黑色袖子之下。而闖入者被雨淋濕的頭髮也是──黑色。

「桐……人……」

尤吉歐一叫出這個名字，應該到初等練士宿舍去尋找緹潔她們的夥伴便一邊輕輕點頭，一邊動著嘴唇說出一句無聲的「抱歉」。他馬上又把視線移回前方，以嚴厲的口氣說道：

「把劍收起來，萊歐斯。我不會讓你傷害尤吉歐。」

結果萊歐斯一瞬間因為憎恨的感情而扭曲了嘴角，但馬上又恢復笑容並且回答：

「終於出現了嗎，桐人修劍士。但是……有點太遲囉！這個鄉下土包子已經不是這座學院的學生，甚至不是本帝國的子民了。他只是違背禁忌目錄的大罪人！所以我──這個三等爵士家長子兼首席上級修劍士萊歐斯‧安提諾斯擁有制裁他的權力！你還是退到一邊去，乖乖看我……把這個罪人的頭像過去那些花朵一樣砍下來！」

聽完萊歐斯一大串的台詞後，桐人只是用簡短，但卻沉重了好幾倍的話來加以回應：

「誰理什麼禁忌和貴族的權力啊。」

他完全不理會頭髮上不斷滴落的水滴，只是用閃閃發光的眼睛瞪著萊歐斯。

「尤吉歐是我的好朋友。而你則只是比暗之國的哥布林還要卑劣的垃圾。」

一聽到這裡，萊歐斯臉上首先出現驚訝的表情，接著則轉變為憎惡，最後則充滿了殘忍的喜悅。

「唉呀——這可真是驚人！想不到這對邊境的鄉下土包子竟然感情這麼好，兩個人還一起犯下了大逆之罪！這下子我可以一起處決你們兩個傢伙了。今天真是我的幸運日……這一定是史提西亞神的引導啊！」

他立刻收起交叉的劍，再度擺出上段的姿勢。但這次已經改成用雙手握住較長的劍柄。他拖著長衫的衣襬側過身子，接著沉下腰部，結果劍身馬上出現暗紅色亮光。這是海伊．諾魯基亞流祕奧義「天山烈波」。

一看見對方的姿勢，尤吉歐馬上在無意識中試著要站起來。

兩個半月前，桐人和上任首席渦羅．利邦提進行比試，然後用艾恩葛朗特流四連擊技「垂直四方斬」破了他的天山烈波。但這時萊歐斯的祕奧義竟然散發出遠超越渦羅的恐怖劍氣。他在技術上雖然不及渦羅，但膨脹到了極限的「貴族自尊心」卻給了他的劍力量。

就算是桐人也很難單獨面對這樣的祕奧義，湧起這種感覺的尤吉歐雖然拚命想撐起身子，但雙腳卻完全無法施力。

但這時夥伴輕輕用左手按了一下尤吉歐的右肩，低聲說了句「別擔心」，並且讓尤吉歐退到左側牆邊後，才跟萊歐斯一樣用雙手握住黑劍的劍柄。

雖然意識仍有些朦朧，但尤吉歐還是因為驚訝而瞪大了眼睛。因為艾恩葛朗特流與薩卡萊特流一樣，幾乎所有技巧都是用單手持劍。而且根本沒有能用雙手使出的祕奧義。況且桐人的黑劍以及尤吉歐的藍薔薇之劍，劍柄根本沒有足夠讓雙手握住的長度——

「…………！」

考慮到這裡時，尤吉歐又因為更強烈的驚訝而屏住呼吸。

因為桐人手裡黑劍的劍柄竟然一邊發出「叮叮」的細微聲音一邊稍微變長了。不對，不只是劍柄。連劍身的寬度與長度也都增加了。雖然仍不及萊歐斯的大型長劍，但現在已經比藍薔薇之劍長了五、六限左右吧。

桐人用雙手把大型化的黑劍拿在右邊腰上。空氣立刻滋一聲產生搖晃，劍也開始帶著翡翠般的綠色光芒。這並非艾恩葛朗特流的技巧。這是在上年度檢定比賽裡看過好幾次的——賽魯魯特流祕奧義「輪渦」。

「咕、咕呵呵……在這種緊要關頭竟然模仿別人的技巧嗎！看我用祕奧義直接粉碎這種下三濫的劍技！」

「來吧，萊歐斯！我要把你欠我的一次討回來！」

雙方的劍氣轟轟作響，讓不算寬敞的寢室染上了紅色與綠色。

蹲在深處地板上的溫貝爾不知道什麼時候已經在床上撐起上半身，而緊緊依偎在一起的緹潔與羅妮耶，以及單腳跪在牆邊的尤吉歐都默默地凝視著這兩名劍士。

如果沒有今天這件事，就算在下個月檢定比賽的決勝戰中看見他們也不奇怪的上級修劍士——在下一次雷鳴響起的瞬間同時有了動作。

「咿啊啊啊啊啊啊！」

萊歐斯隨著尖銳的叫聲將劍筆直地砍下來。

「嘿啊啊！」

桐人則是帶著簡潔的呼喊把劍斜斜地往上提起。

兩口劍分別拖著紅色以及綠色的光線猛烈地撞在一起，產生的衝擊讓地板都開始震動了起來。窗戶上的玻璃全由外側開始碎裂。尤吉歐凝視著在交錯點相抵的黑色與銀色劍刃，然後才了解為什麼桐人不使用艾恩葛朗特流的原因。

速度占優勢但力道上較弱的單手技絕對無法一擊就擋住海伊・諾魯基亞流的雙手技。在碰撞的同時就得往後跳來分散對方的威力，然後接連使出第二、第三道攻擊，但在遠比修練場狹窄的寢室裡根本沒辦法這麼做。如果是在隔壁的客廳，那麼情況可能又不一樣了。現在為了從萊歐斯兇猛的劍刃下保護無法動彈的尤吉歐，桐人只能選擇在這裡戰鬥。所以桐人才棄艾恩葛朗特流而選用賽魯魯特流的雙手技・輪渦。

「桐……桐人……！」

當尤吉歐從極度乾渴的喉嚨裡擠出夥伴的姓名時，桐人的左膝蓋忽然跪了下去。手上的黑劍則一邊發出嘰嘰的聲音，一邊不斷往後退。這時萊歐斯的眼睛與嘴巴已經上揚到了極限，接著更迸發出完全沙啞的尖叫聲。

「怎麼樣啊……怎麼樣啊——！我這個萊歐斯．安提諾斯大爺怎麼可能會輸給像你這種沒有姓氏的傢伙！就算你用詭異的法術讓死掉的花復活，也不可能搞小動作影響我的劍啦——！」

萊歐斯的劍氣不知不覺間已經由紅轉黑，而且還不只出現在劍身，連他的手臂與身體都包裹在當中，讓他的長衫與金髮不斷為之飄動。這時桐人的劍終於被壓回一開始的位置，綠色劍氣也開始不規則地晃動了起來。

「桐…………」

當尤吉歐再次想呼叫夥伴的姓名時才忽然注意到。

自己在不久前剛看過被天山烈波推回去的輪渦。

那是在今年三月所舉行的，由上屆上級修劍士們所進行的最終檢定比賽決勝戰裡頭。面對渦羅首席的剛劍，索爾緹莉娜學姊也跟現在的桐人一樣單腳跪地……但是接下來——

「嗚……哦哦哦！」

桐人再度發出吼聲。由黑色長劍迸發出的鮮豔翡翠色光輝將整個房間染成了綠色。

單發祕奧義二連擊。這是莉娜學姊在最後的最後打敗渦羅首席的大技。

通常所有的祕奧義在招式崩壞的情況下就會停止。但如果能準確地回歸斬擊軌道，就能保持一段相當長的時間。從桐人與渦羅的比試當中注意到這個現象的莉娜學姊，在經過短短半個月的修練後就學會了這個賽魯魯特流祕奧義・輪渦二連擊的技巧。

桐人雖然是莉娜學姊的隨侍，但檢定比賽之後學姊就畢業了，所以根本沒有直接向她學習這個技巧的時間。也就是說，桐人在看過一次之後，就已經學會師父的技巧了。

這才是修劍士與隨侍練士真正的榜樣。

而這也就是劍法的精髓。

尤吉歐左眼開始流下淚水。這是為了眼前精彩技巧的感動，以及想更加精進劍技的悔恨所流下的淚水。在他模糊視線的中央，桐人再度施放的輪渦已經把萊歐斯的劍折成兩半——

首席上級修劍士的雙臂手腕稍微上面一點的部分也跟著被砍飛。

整個人往後彈開而一屁股坐在絨毯上的萊歐斯，以不可思議的表情凝視著自己長劍的下半部以及握住劍柄的雙手滾落在稍遠處的地面上。

最後終於把視線移回自己兩條手臂上。從鮮紅長衫袖子伸出來的白色手臂已經從手肘下方整個被砍斷了。這時從平滑的切斷面迸出大量鮮血，將萊歐斯胸口與腹部的長衫染成同樣的紅色。

「不……不……不要啊啊啊啊啊啊——————！」

雙眼以及嘴巴已經張開到極限的萊歐斯，隨即發出了殺豬般的悲鳴。

「手……手臂！我的手臂啊啊啊！流、流血了！」

不久前，溫貝爾一隻手臂被尤吉歐切掉時才剛說過「別叫了快止血」的萊歐斯，換成自己淪落到同樣下場時卻沒辦法保持冷靜。他以瞪大的雙眼看著四周圍，一找到蹲在稍遠處的溫貝爾，馬上就跪著爬了過去。

「溫貝爾——————！快、快幫我止血！把你的繩子解開綁住我的傷口！」

但就連平常總是表現得像萊歐斯隨從的溫貝爾也無法聽從這個命令。他一邊抱住自己被紅繩層層纏住的左臂，一邊不停地急促搖著頭。

「不、不要！解、解開繩子的話，我的天命也會減少！」

「你說什麼！溫貝爾——————你這傢伙竟然敢違抗我的命…………」

但萊歐斯的聲音到這裡就中斷了。

原本綁住緹潔與羅妮耶的兩條繩子，已經被溫貝爾拿來止住左臂的失血。這時要停止萊歐斯雙臂的失血，就一定得同時用上這兩條繩子才行。但是，如果在還沒完成傷口治療的狀況下解開溫貝爾的繩子而讓他再度流血，他的天命就會再次開始減少。在沒有正當理由或者對方同意的情況下減少他人的天命——這很明顯是違背禁忌目錄的行為。

「但是……我的血……溫貝爾，你這傢伙……禁忌……但是……天命又…………」

萊歐斯以尖銳的聲音說出支離破碎的話來。他的視線在從自己傷口流出來的血液，以及纏在溫貝爾傷口上的絲絹繩之間不停地來回。

三等爵士家長子的萊歐斯．安提諾斯現在面臨了得從「自己的生命」與「禁忌目錄」當中做出選擇的狀況。對擁有強烈自尊心的他來說，自己的生命當然是最重要的事物。但他同時也無法違背做為絕對法律的禁忌目錄。因為那樣做的話，就會變成跟自己要制裁的尤吉歐一樣是大罪人了。

「啊啊啊啊……禁忌……天命……血……禁忌…………」

萊歐斯不停地大叫著，這時緩步走向他的正是桐人。

他在萊歐斯面前兩梅爾處停下來，然後把手往緊靠在一起的緹潔與羅妮耶伸去。為了讓兩個人放心而碰了一下她們的肩膀並點了點頭後，桐人便開始解起羅妮耶上半身的繩子。他應該是準備用這條繩子幫萊歐斯止血吧，但卻因為實在綁得太結實而很難解開。這段時間裡，首席修劍士的狂亂程度也愈來愈嚴重。

「血……禁忌……天……禁……天命……禁……！」

萊歐斯整個身體往後仰，嘴裡不斷發出毫無意義的聲音。這時桐人一隻手拿著終於解開的繩子，對著萊歐斯跨出一步——就在這個剎那——

「天命、禁忌、天命、禁忌、天、天、天、天天天……」

萊歐斯的聲音帶著異樣的聲響。那聽起來已經不像人類而近似野獸的鳴叫聲，這時變得更加像某種壞掉的器具所發出的怪聲。

「天天天、天、天、天命、天命天命天命、天命天命天命天命天————」

聲音忽然就中斷了。

萊歐斯．安提諾斯就這樣往正後方倒去。他雙臂的傷口依然流著血，也就是說他仍然還有天命，但尤吉歐卻直覺感到萊歐斯已經沒有生命跡象了。

這時就連桐人也露出驚訝的表情僵在現場，而緹潔與正準備解開她繩子的羅妮耶也瞪大了雙眼——在這樣的情況當中，溫貝爾畏畏縮縮地靠近萊歐斯，接著看向他後仰到極限的臉孔。

「咿、咿——！」

他馬上就爆出充滿恐懼的悲鳴。

「萊、萊歐斯少爺……死、死了……！你、你、殺……殺了、殺了他！殺人犯……怪……怪物……！」

爬著遠離桐人後，撐著兩邊不斷發抖的膝蓋站了起來，連滾帶爬地逃到客廳去。接著應該是直接衝到走廊上了吧，只聽見腳步與悲鳴朝著樓梯的方向逐漸遠去。

尤吉歐已經不知道接下來會怎麼樣，也不知道該怎麼辦才好了。因為實在連續發生太多狀況，所以連失去了右眼都變成微不足道的小事。

他先把一直握在右手上的藍薔薇之劍收回劍鞘裡，然後努力站了起來。

接著又和桐人互相望了一眼並默默點了點頭後，才朝著坐在床上的緹潔靠近了一、兩步。

但他馬上又停下腳步。因為尤吉歐想到，自己現在已經是違反禁忌目錄而把溫貝爾手臂砍下來的大罪人了。對僅僅十六歲的少女來說，自己說不定是和萊歐斯他們一樣……甚至比他們恐怖好幾倍的存在。

已經沒辦法看著緹潔臉龐的尤吉歐只能深深低下頭並且開始倒退。

但小小的身體已經搶先一步撲進他的胸膛裡。

凌亂的紅頭髮被用力壓在尤吉歐制服上。同一時間，帶著悲痛感情的聲音也傳進他耳裡。

「對不起……對不起，尤吉歐學長……都……都是因為我……！」

尤吉歐反射性地劇烈搖著頭，然後打斷了緹潔所說的話。

「不是的，這不是緹潔的錯。是我……是我的思緒不夠周密。緹潔沒有任何的責任。」

「但、但是……但是……！」

「沒關係了，只要緹潔和羅妮耶沒事就好。我才應該向妳們道歉呢……對不起，讓妳們遇見這麼恐怖的事情。」

說完後便僵硬地摸了摸楓紅色的頭髮，而緹潔則是哭得更加傷心了。旁邊的羅妮耶也同樣把臉靠在桐人的胸前哭泣。尤吉歐把視線往上移，和夥伴對看了一眼後，夥伴便又輕輕點了點頭。

正當尤吉歐也準備向他點頭時。桐人好像頭髮忽然被人拉住般繃起了臉。他迅速地看了一下周圍，接著又抬頭看天花板。

突然間，他的黑色眼睛瞪得老大，而尤吉歐也追隨著他的視線往上看。結果——他就看見了那個。

寢室的天花板，在東北角附近浮出一塊類似紫色板子的物體。雖然很像「史提西亞之窗」，但卻比它更大而且是圓形。它的後方，有某個人正在看著房間……不對，應該說低頭看著尤吉歐等人。但卻完全看不出那個人的性別與年齡。只知道他有著蒼白的肌膚以及玻璃球一般的眼珠。

……之前好像也曾看過這樣的景象。

……我在很久之前就曾在某處看過這個傢伙了。

在尤吉歐有了這種感覺的同時，白臉忽然張開宛如無底洞的嘴巴。下一個瞬間，站在旁邊的桐人突然以細微的聲音說著：

「別讓緹潔她們聽見！」

尤吉歐立刻以雙臂用力地抱住仍在哭泣的緹潔頭部。這時桐人也一樣抱住了羅妮耶，緊接著……

「Singular unit detected。ID tracing……」

紫色板子，不對，應該說是窗口後方的某個人發出了奇怪的聲音。雖然很像是神聖術的式句——但沒有一個是課程中曾經學過的單字。而臉孔在沉默了兩、三秒之後……

「Coordinate fixed。Report complete。」

又說出這麼一句話，接著便閉上嘴巴而窗子也消失得無影無蹤。雖然是相當異常的現象，但尤吉歐的心已經累到連感覺驚訝或恐懼的力氣都沒有了。決定讓桐人去想那到底是怎麼回事的他，只是把憋在胸口的氣息吐了出來。

曾幾何時窗外的暴風雨已經止歇，只剩下羅妮耶與緹潔的啜泣聲依然持續響起。尤吉歐還是緊抱著隨侍練士嬌小的身軀，然後把視線從天花板移到地板上。

在那裡有著伸出失去手肘的雙臂，然後將身體後仰到極限角度才死亡的萊歐斯．安提諾斯的亡骸。

雖然萊歐斯是桐人所砍，但尤吉歐也砍下了溫貝爾的手臂，所以兩個人都犯了罪。這時尤吉歐耳朵深處又響起溫貝爾的悲鳴。

——殺人犯。怪物。

這是小時候，祖母講的故事裡最讓尤吉歐以及哥哥們感到害怕不已的名詞。祖母說暗之國的亞人們沒有必須遵守的法律與禁忌，即使同種族之間也會互相殺戮。而尤吉歐在兩年前就已經在盡頭山脈的洞窟裡親身確認過這是事實了。

……沒錯，我已經和那些哥布林一樣了。因為我任由憤怒的自己……砍了溫貝爾．吉傑克這個人類兼同一所修劍學院的學生。

在這種情況下，為了證明我跟那些哥布林還是有些不同，我是不是應該自我了斷呢？對已經變成怪物的我來說，是不是還有資格像這樣靠著緹潔的體溫來求取心靈的慰藉呢……？

尤吉歐用力閉起剩下來的左眼並咬緊牙根，就在這個時候——

旁邊的桐人伸出手來緊緊抓住他的肩膀。同時又低聲表示：

「你是人類啊，尤吉歐。和我一樣……是雖然犯了好幾個錯誤，但還是拚命尋求其意義的人類啊……」

一聽到這裡，尤吉歐馬上感覺自己的左眼溢出溫熱的液體。原本以為是和右眼一樣在流血，但畏畏縮縮地張開眼睛後，隨即看見牆壁上油燈的光線已經變成了無數金色碎片，而且正在發出閃閃光芒。

流出來的不是血而是眼淚。淚水就這樣順著臉頰流下，不停滴到緹潔頭髮上。一陣子之後，緹潔也畏畏縮縮地抬起臉看著尤吉歐。因為淚水而濕濡的紅色眼睛，讓人想起秋天時沾了許多朝露的楓葉。

這個瞬間依然是尤吉歐隨侍的少女微微一笑，隨即由制服的口袋裡拿出白色手帕，然後溫柔地放在尤吉歐臉頰上。緹潔就這樣不斷擦拭著從尤吉歐眼裡湧出的淚水。

「真是太可惜了………」

舍監阿滋利卡以平靜的聲音說完後，又考慮了一會兒並且加了一句：

「我一直認為今年度的學院代表會是你們兩個人。」

「我也是這麼認為的。」

尤吉歐在這種狀況下實在沒辦法說出像桐人這樣的發言，而且這時左眼又開始慢慢發熱，所以只能趕緊仰起頭來。

5

五月的天空像是被昨天的暴風雨清洗過了一般沒有任何一片雲。有著鮮艷綠葉的枝頭上，許多小鳥正在引吭高歌。這樣的日子，如果能躺在中央廣場的草地上一定很舒服才對——但尤吉歐他們已經不可能有機會在這座學院裡睡午覺了。

兩個人昨天就在身後那座有著厚重鐵門——修劍學院管理棟地下懲罰房裡過了一晚。雖然自從創校以來幾乎沒有使用過，但房間卻打掃地頗為乾淨，而且床鋪也跟初等練士宿舍的差不多，只是尤吉歐根本睡不著。

桐人則是為了用神聖術治療尤吉歐失去的右眼而努力了一整晚，但在沒有觸媒的情況下最多只能讓傷口癒合，實在沒辦法讓器官再生。況且沒有受到任何外部攻擊的右眼為什麼會破裂本來就是令人難以理解的事。結果在嘗試各種術式中周圍的空間神聖力就已經枯竭，這下就連死不放棄的桐人也只能暫時停止使用神聖術了。

最後天終於亮了，早晨的陽光由小小的窗口照進來，當早上九點的鐘聲響起時，懲罰房的鎖也被解了開來。原本以為一定是帝國的近衛兵要來帶走兩個人，但站在門後的竟然是初等練士宿舍的阿滋利卡舍監——這就是到目前為止的經過。

這名年齡應該為二十歲後半的女性教官聽見桐人這麼說後便露出些許微笑，接著就把臉轉向尤吉歐。她那像是利刃般的藍灰色眼睛總是讓尤吉歐想起盧利特村的阿薩莉亞修女，所以每次被她盯著看都會覺得相當緊張，但這個時候尤吉歐卻不移開視線，只是一直回望著她。

阿滋利卡舍監原本想說些什麼但又閉上了嘴巴，接著才從上衣口袋裡取出某樣東西。那是一顆淡綠色的球體。看起來雖然像玻璃裝飾品但並非如此。那是從學院花壇栽培的「四大聖花」當中所擷取出來的神聖力結晶。

舍監毫不猶豫地用左手指尖捏破貴重的觸媒。立刻有閃亮光粒隨著細微的聲音飄散在空中。她馬上抬起右手，對著尤吉歐的右眼詠唱術式。

「System call。Generate luminous element……」

那是比教授神聖術的教師還要快的高速詠唱。在尤吉歐與桐人茫然站在現場的時間裡，她就已經順暢地念完許多複雜的術式，接著立刻有許多溫暖的光芒凝聚在尤吉歐右眼傷口上——

「張開眼睛看看吧。」

最後聽見她低聲這麼說道，於是尤吉歐便畏畏縮縮地張開已經閉起十六個小時的右眼瞼。

結果右邊的視力竟然已經完全恢復，而這也讓尤吉歐忍不住發出驚訝與感嘆的聲音。看了周圍好幾遍之後，終於了解是怎麼回事的尤吉歐馬上深深低下頭並且說：

「謝、謝謝您，阿滋利卡老師。」

「不用客氣。倒是……尤吉歐修劍士還有桐人修劍士。在把你們交給前來帶走你們的人之前，我只告訴你們一句話。」

靜靜說到這裡之後，阿滋利卡舍監很難得露出了猶豫的表情，然後才把右手放在桐人，左手放在尤吉歐肩上。

「你們接下來應該會受到違背禁忌目錄而損害他人天命的懲罰。但是不要忘記了，禁忌目錄……不對，應該說就連公理教會本身也是由人類而不是神明所建立起來的。」

「咦……這、這是什麼意思……」

尤吉歐反射性地這麼問道。

無論哪個小孩子都知道，人界是創世神史提西亞所創造出來的。而且統治人界的教會也是神明創造下的產物。

「現在……只能說這麼多了。但是，你們應該最近就會知道這個世界的真實樣貌。」

這時阿滋利卡忽然繃起臉，然後用力閉起右眼。尤吉歐馬上感覺到她正承受著銳利的疼痛。

「……尤吉歐修劍士。你破除了我沒辦法突破的封印。所以一定能到達我無法到達的境界……要相信你的劍和你的朋友。」

她說完便點了點頭，接著又把臉轉向桐人。

「再來是桐人修劍士。結果……我到最後還是無法了解你究竟是什麼人。但是，你到達那座塔時，一定會有什麼事情發生。我會持續在這裡祈禱，希望你的前方一直會有光明。」

雖然是更加充滿謎團的一段話，但桐人似乎能夠理解舍監在說些什麼。於是他也點了點頭，用雙手包住阿滋利卡舍監放在自己左肩上的手並將其移到胸前。

「謝謝妳，老師。有一天我會再來見妳的。到時候我會說出所有妳想知道的事情。」

說完後，他便靜靜地親了一下雙手包住的纖細指尖。阿滋利卡舍監像是相當驚訝般眨了幾次眼睛，接著臉上浮現若有似無的色彩並且微微一笑。

這時候桐人好像又被人拉了頭髮一樣繃起臉來，但舍監似乎沒有注意到這件事。她緩緩由桐人雙手之間抽回自己的右手，然後把左手從尤吉歐肩膀上移開——

「那我們走吧。對方已經來接你們了。」

校園裡平常總是充斥著準備到教室去上課的學生，但這個時候卻是靜悄悄地看不見任何人影。

這時尤吉歐反而在大修練場前的廣場上看見了意想不到的東西，讓他瞪大了剛剛才痊癒的雙眼。

在晴天的索魯斯光線照耀下，一頭巨大生物發出了耀眼的光芒。除了裝置在胸部和頭部的金屬鎧甲之外，連覆蓋全身的三角形鱗片都有著銀白亮光。不用看見疊起來後像兩座尖塔的翅膀以及畫出弧形的長尾巴也能夠知道那是一頭飛龍。牠是守護法律與秩序的公理教會整合騎士的坐騎，同時也是人界最大、最強的靈獸。

但是周圍看不見騎乘者的身影。阿滋利卡舍監完全不在意由高處往下看著三人的飛龍，將尤吉歐與桐人帶到修練場入口後便停下腳步。

她依序看了一下兩個人，輕輕點了點頭後便轉過了身子。這時尤吉歐與桐人同時對著阿滋利卡舍監踩著長靴往初等練士宿舍走去的背影深深地一鞠躬。兩人等到聽不見腳步聲後才抬起頭來，稍微確認了一下飛龍的樣子後便朝著修練場大門走去。

「…………既然有飛龍……那就表示……來接我們的是整合騎士囉。」

尤吉歐呢喃的聲音雖然有些發抖，但他的夥伴還是用跟平常一樣的態度以鼻子輕哼了一聲，接著輕鬆地把手往緊閉的大門伸去。

「看看就知道啦。」

話剛說完就把門推開並大步踏了進去。尤吉歐這才下定決心隨著桐人走進門內。

內部採光用的窗戶可能被關起來了吧，只見周圍顯得有些陰暗。鋪著木板的修練場與四周的觀眾席等地方當然沒有任何學生與教官的身影。

正面深處的白色牆壁上畫著以創世神話「驅逐暗神貝庫達的光之三女神」為主題的畫。而廣大修練場中央則有一道背對著尤吉歐與桐人，正抬頭看著壁畫的人影——

尤吉歐過去也曾在相當近的距離下看過教會的整合騎士。當然，就是在青梅竹馬愛麗絲被帶走的時候。那名自稱「迪索爾巴德·辛賽西斯·賽門」的整合騎士有著逼近兩梅爾的雄偉身軀。但目前站在尤吉歐視線前方的那個人比之前的整合騎士矮了許多。光看身高的話，可能還比尤吉歐矮了一點點。

從兩肩鈕釦垂下來的藍色披風上有著由十字與圓形所組成的公理教會紋章刺繡。但最引人注意的，還是垂在披風上的金色直長髮。那顏色比萊歐斯還要深還要清澈的金髮，在些許亮光下就已經發出宛如黃金融化後的光輝。

由於人影完全沒有任何動作，尤吉歐和桐人互相看了對方一眼後就開始緩步往前走去。他們直線跨過修練場，在距離嬌小人物五梅爾左右停下了腳步。

「……我是北聖托利亞帝立修劍學院的尤吉歐上級修劍士。」

總算是順利報上名字後，伙伴也隨即跟著說道：

「我是同一學院的桐人。」

要是在平常的話，尤吉歐一定會在心中責備桐人「別這麼隨便，好好報上姓名！」但現在卻完全沒有這種想法。這不只是因為緊張而已。因為在看見幾步前方的藍色披風與金髮被大門打開後的微風吹動的模樣後，尤吉歐心裡就產生了一種奇妙的感覺。

——好像曾在哪裡見過……

自己好像曾經在某處看見過……這種藍色與金色的搭配。

緊緊纏住心頭的焦躁感，在幾秒鐘後就變成了足以讓心臟停止跳動的衝擊。

「我是統領聖托利亞市域的公理教會整合騎士——愛麗絲．辛賽西斯．薩提。」

騎士背對著他們報上了姓名。尤吉歐不可能認不出這道聲音。因為那是自從懂事之後，聽了將近有十年的聲音。

況且還有對方的名字。雖然是不曾聽聞的姓氏，但她的確說了自己的名字是「愛麗絲」。

這絕對不可能是偶然。尤吉歐用無法施力的腳往前走了一兩步，然後像在說夢話一般呢喃著：

「……愛麗絲……？是妳嗎……？妳是……愛麗絲嗎……？」

站在左側的桐人雖然迅速伸出了手，但沒讓他抓住的尤吉歐又往前走了一步。近在眼前的金髮與披風晃動了一下，馬上就有一股微香擴散開來。那種香氣讓人想起照射了大量陽光的花田，給人相當溫暖且懷念的感覺。青梅竹馬的藍色圍裙上，經常會飄出這樣的香味。

「愛麗絲……！」

尤吉歐這次用清晰的聲音呼喚著對方，然後試著要觸碰整合騎士的右肩。回過頭來的整合騎士，臉上也將露出惡作劇般的清澈笑容來迎接尤吉歐——

但這樣的預感馬上就被一道閃光所擊碎了。

尤吉歐右臉頰受到強烈的衝擊，接著便直接被彈飛出去，背部倒在修練場的地板上。

「尤吉歐！」

雖然桐人馬上就幫助他撐起身子，但尤吉歐似乎根本沒注意到這一點，只是茫然地瞪大雙眼。

目前依然背對著兩個人的騎士右手已經往旁邊伸直，而且不知道什麼時候手上已經握著一把長劍。但劍身沒有出鞘而是收在貼了金箔的劍鞘當中。騎士在一剎那間就將整把劍從劍帶上抽出來，並且用前端擊打了尤吉歐的臉頰。

騎士以流暢的動作放下長劍並且說道：

「……注意你的言行。我擁有能剝奪你們七成天命的權利。下次在沒有許可的情況下想觸碰我的話，我就把那隻手砍掉。」

用溶雪後流下的水那般清冽但卻帶有威嚴的聲音說完後，騎士終於轉過身來。

「…………愛麗絲……」

尤吉歐沒有辦法制止自己再次叫出這個名字。

帶著黃金劍的整合騎士——有著尤吉歐過去被從盧利特村帶走的青梅竹馬，同時也是卡斯弗特村長的女兒、賽魯卡的姊姊，愛麗絲．滋貝魯庫成長之後的模樣。

裝扮當然與那個時候完全不同。她的胸口、肩膀與腰部都被施有流麗雕刻的薄鎧甲所覆蓋，裙子的長度則幾乎到達她的腳邊。但那張臉尤吉歐絕對不可能會認錯。

那頭整齊、光滑的金髮。帶有透明感的雪白肌膚。還有稍微上揚的雙眼，以及眼睛裡難以言喻的藍色都與記憶中完全相同。即使來到央都，尤吉歐也未曾在任何人眼睛裡看過這樣的顏色。

只不過，浮現在眼裡的光芒卻和記憶當中有所不同。在盧利特村時那種充滿好奇心的光輝

已經消失，倒在地上的尤吉歐感覺目前投射在自己身上的視線只有無盡的冷漠。

這時粉紅色嘴唇動了起來，那惹人憐愛又相當冷澈的聲音也再度響起：

「哦……原本以為這一擊可以減少你三成的天命，想不到竟然只少了三成的一半。真不愧是上級修劍士……或者應該說不愧是夠犯下殺人大罪的犯人，竟能單靠扭身來分散我這一擊的力道啊。」

從這些話聽起來，她似乎不用觸碰就能看出尤吉歐的「窗戶」，但尤吉歐這時根本連這一點都沒辦法注意到了。

因為尤吉歐根本無法接受流入耳朵裡的言語。那個如此溫柔的愛麗絲不可能會說出這種話。不對，應該說愛麗絲看見尤吉歐之後不可能沒有任何反應。不論是對尤吉歐的臉頰做出無情的攻擊，甚至是變成整合騎士站在他面前都是讓人難以置信的事情。

當尤吉歐無視愛麗絲的警告，想再度對她搭話時——

桐人忽然在他耳朵邊短短地呢喃道：

「那個騎士就是你在找的『愛麗絲』對吧？」

即使在這種狀況之下，夥伴的聲音依然相當沉穩，而這也讓尤吉歐稍微恢復了一點冷靜。

他剛輕輕點了點頭，夥伴便再次低聲表示：

「……現在就先聽她的指示。就算是以罪人的身分，只要進入中央聖堂應該就能明白一些事情才對。」

進入——中央聖堂。

聽見桐人這麼說，尤吉歐才總算注意到這件事。雖然不是期望中的形式，也就是在帝國劍武大會以及四帝國統一大會裡獲勝，然後被任命為整合騎士，但犯下禁忌之後卻可以比預定還要早一年以上達到目的。

進入中央聖堂並且和愛麗絲見面。這就是尤吉歐的最終目的。

雖然順序有點顛倒，也不了解愛麗絲成為整合騎士後為什麼就像變成另外一個人似的，但現在這個時間點確實已經達成一半目的了。照這樣看來，進入中央聖堂之後一定能找到讓愛麗絲復原的方法才對。

尤吉歐在好不容易恢復冷靜的同時，騎士愛麗絲也把右手的劍收回左腰上。她接下來便披風飄逸地朝門口走去：

「站起來，跟我過來。」

已經沒有違逆指示的選項了。在桐人幫助下站起身子的尤吉歐只能默默跟在愛麗絲身後。

一離開修練場，愛麗絲便筆直走向在廣場上待機的飛龍，然後用右手輕輕撫摸著牠恐怖的鼻頭。接著又從設置在馬鞍後面的大型行李箱裡拿出了奇妙的道具。那由鐵鍊連結起來的三條粗大皮帶——正是綑綁犯人用的刑具。跟八年前用來綁縛愛麗絲的完全一樣。

雙手各拿著一個綁縛道具的愛麗絲靠了過來，讓桐人與尤吉歐站好之後就冷冷地說起話來。她的聲音比萊歐斯準備處決尤吉歐而大叫時還要冷靜許多，但卻帶著彷彿在幫神明代言一般的威嚴。

「上級修劍士尤吉歐。上級修劍士桐人。你們因觸犯禁忌條例而須加以逮捕，並在帶往央都接受審問後處刑。」

愛麗絲說完立刻用手上的道具綁住站在現場的兩個人。雙手、胸口和腰部被皮帶緊緊綁住之後，他們馬上就無法動彈了。

愛麗絲握著由兩人背上延伸出來的鐵鍊回到飛龍旁邊，然後將兩條鐵鍊分別固定在靈獸強壯雙腳的鎧甲上並且緊緊扣住。這下桐人就被綁在龍的右腳，而尤吉歐則是被綁到了左腳上。

八年前，名為迪索爾巴德的整合騎士也像這樣把年幼的愛麗絲綁在龍的腳上然後飛走了。但是就算以飛龍的速度，從盧利特到央都聖托利亞也得花上一整天的時間。如果這段期間一直被吊在龍的腳上，對一個年僅十一歲的小孩來說，一定是相當痛苦又恐怖的體驗才對。

但現在那個愛麗絲卻不知道為什麼變成了整合騎士，而且還像八年前自己被帶走時一樣把尤吉歐繫在龍上。她毫不遲疑的動作讓尤吉歐不得不承認，眼前的騎士愛麗絲不但是愛麗絲．滋貝魯庫，同時也是另一個人。她已經被某種巨大的力量給改變了。

或許正如桐人所說的，只要到中央聖堂就能找出其中的祕密。但是——問題是能不能把愛麗絲恢復成原來的樣子。

不對，如果自己在那之前就遇見和她一樣的情況。也就是忘記一切，變成另一個自己的話怎麼辦呢？如果把盧利特村的生活、來到央都的漫長旅途……以及在這座修劍學院裡發生過的事情，全都忘得一乾二淨的話……

正當尤吉歐再次被恐懼與焦躁感襲擊的時候。

背後忽然傳來兩道細微的腳步聲，結果尤吉歐與桐人便同時回過頭去。

踩著虛浮腳步拚命靠過來的，是兩名身穿灰色制服的初等練士。一個是有著紅色長髮的緹潔·休特里涅。另一個則是留著茶色短髮的羅妮耶·阿拉貝魯。

之所以會一路搖搖晃晃，是因為她們兩個人手裡都抱著某樣東西的緣故。緹潔雙手拿著收在白色皮革劍鞘裡的長劍。而羅妮耶則是拿著黑色皮革劍鞘的長劍。那是尤吉歐和桐人昨天晚上放在萊歐斯房間裡的藍薔薇之劍以及黑色長劍。

捧著劍鞘的緹潔與羅妮耶手掌已經滿是擦傷並且滲出血來了。不過這也是理所當然的事。因為就連這兩口劍的主人尤吉歐與桐人都得用盡全力才能揮得動它們。

「緹潔……」

「羅妮耶！」

尤吉歐與桐人同時呼喚她們的姓名後，承受著痛苦的少女們便使勁地露出了微笑。但這時候整合騎士愛麗絲也離開飛龍身邊並且看著緹潔她們了。想起剛才那讓右臉頰到現在都還有點麻痺的強烈一擊，尤吉歐馬上叫道：

「不行啊緹潔，妳別過來！」

但是兩名初等練士並沒有停下腳步。手掌上的血不停滴落在廣場石頭地板上的兩個人，在走完最後十梅爾的距離後，便在愛麗絲面前跪了下來。

兩人先喘息了一陣子，然後緹潔便毅然抬起頭來說：

「騎、騎士大人……有件事要拜託您！」

羅妮耶接著又以顫抖的聲音繼續表示：

「請您允許我們把學長的劍歸還給他們……！」

愛麗絲默默低頭看著跪在地上的少女，不久後才輕輕點了點頭。

「好吧。不過罪人沒有辦法佩劍。這還是先交給我吧。妳們可以有一分鐘的時間和他們說話。」

她說完便用右手抓住藍薔薇之劍，然後又用左手抓住黑劍，接著便輕鬆地從羅妮耶與緹潔手上把劍拿起來。像是完全感覺不到重量的她回到飛龍身邊，把兩口劍放進原本裝有綁縛道具的行李箱當中。

緹潔和羅妮耶在胸口握緊已經傷痕累累的雙手，像是感覺不到任何痛楚一樣露出了放心的笑容。她們搖搖晃晃地站了起來，分別跑向自己的指導者。

「…………尤吉歐學長……」

在尤吉歐面前停下來的緹潔瞪大了哭腫的紅色雙眼看著他。

原本反射性地要把視線移開，但尤吉歐最後還是拚命承受了緹潔的視線。

昨天晚上，尤吉歐在緹潔她們面前砍掉了溫貝爾的手腕。而同樣被砍掉手腕的萊歐斯在發出異樣慘叫聲後喪失了生命。緹潔與羅妮耶身體雖然沒有受傷，但目擊那樣的慘劇應該給她們帶來相當大的衝擊才對。

對緹潔來說，尤吉歐已經不是可以倚靠的指導生，而是違背禁忌目錄的罪人。而且還是身體被綁縛道具奪走自由，整個人遭到鐵鍊繫在飛龍身上的大罪人。

這個時候。

緹潔楓紅色的眼睛裡浮現斗大的淚水，然後順著臉頰流了下來。

「尤吉歐學長……對不起……都、都是我害的……」

她緊握住雙手，拚命擠出細微的聲音來繼續說道：

「……真的很抱歉……因為我……愚蠢的舉動而害你……」

「不是的……別這麼說。」

嚇了一跳的尤吉歐不停搖著頭。

「這不是緹潔的錯……妳為了朋友做出了正確的選擇。之所以會變成這樣……全都是我不好。緹潔妳根本沒必要向我道歉。」

聽到這些話的緹潔，馬上像是要看透尤吉歐靈魂深處般筆直回望著他，接著嘴唇死命擠出了笑容：

「接下來……」

雖然不停顫抖，但這名年輕的隨侍練士還是用相當堅定的口氣說：

「接下來換我解救尤吉歐學長了。我會努力當上整合騎士……然後前去解救學長……所以，請您稍等一會兒。我一定……一定會……」

嗚咽讓她把接下來要說的話吞了回去。這時尤吉歐也只能不停對著她點頭。

飛龍的另一邊，同樣結束簡短對話的羅妮耶把手上拿著的包裹讓桐人用被綁起來的雙手握住，接著邊哭邊說：

「那個……這是便當。肚子餓的時候，請用它來充飢吧……」

但桐人的回答卻被飛龍用力伸展雙翼的聲音給蓋過去了。

「時間到。快點離開。」

騎士愛麗絲不知道什麼時候已經跨上飛龍的鞍具。她甩了一下韁繩，讓巨龍撐起巨體。跟著被拖動的鐵鍊也讓尤吉歐的身體稍微騰空。

淚流不止的緹潔與羅妮耶往後退了幾步。銀色羽翼用力拍動了幾下，捲起的強風晃動了少女的頭髮。

即使飛龍已經發出轟然巨響跑動了起來，兩個人還是拚命從後面追了上去，最後終於一個踉蹌跌倒，把手撐在石頭地板上。緊接著，飛龍強壯的腳馬上更加用力地踢了一下地面，巨大身軀也就輕輕浮到了空中。

隨著飛龍一邊迴旋一邊飛向天空，眼睛下方的緹潔與羅妮耶也跟著愈來愈小。最後她們的身影終於融入地板的灰色當中，而北聖托利亞帝立修劍學院的全景也不斷遠去——

背上乘著整合騎士，腳下吊著兩名罪人的飛龍就這樣朝著聳立在央都正中央的巨塔，公理教會中央聖堂一直線飛去。

海洋巨大研究母船「Ocean Turtle」的船體中央是被直徑二十公尺，高一百公尺的中空柱體所貫穿。

被稱為主軸的鈦合金製圓柱在支撐母船各個樓層的同時，也做為耐壓隔壁包覆並守護了心臟部位。圓柱內部除了有船體本身的控制、動力系統之外，也收納了謎樣研究組織「ＲＡＴＨ」所開發的各種機器群。

具體來說就是四台能夠讀寫人類靈魂的恐怖完全潛行機器「Soul Translator」。以及它們所接續的中央演算裝置「LightCube Cluster」。

巨大Cluster設置在幾乎是主軸中央的位置，其下側的「下軸」則有ＳＴＬ二號機、三號機。而上方的「上軸」放著四號、五號機。ＳＴＬ試作一號機不在這艘船上，而是遠在港區六本木的ＲＡＴＨ研究支部裡。

為了治療陷入長期昏睡狀態的桐人——桐谷和人受損傷的腦神經網路而連接的是主軸上部的ＳＴＬ四號機。因此要到那裡就必須先從下部進入主軸，然後再利用樓梯或者電梯移動到上層。

二〇二六年七月六日，禮拜一，上午七點三十分。

亞絲娜——結城明日奈一邊拉著T恤上夏季針織衫的衣領，一邊從微暗的螺旋樓梯往上爬。

橘色LED緊急照明下的她，每當腳步在加上防鏽塗裝的金屬製階梯上踩出喀喀的堅硬腳步聲時，總是忍不住會想起來。在那個距離此地極為遙遠，飄浮在無限空間當中的鋼鐵之城裡，自己也曾經數次爬上類似的樓梯。那是連結守護浮游城艾恩葛朗特各層魔王房間以及下一層的螺旋階梯——

大部分的情況都是「血盟騎士團」團長希茲克利夫走在前方，後面則跟著在魔王戰當中獲得勝利而揚揚沸沸的公會成員，不過也有例外的時候。在亞絲娜加入公會之前，也就是攻略死亡遊戲的初期，旁邊是跟著一名身穿黑衣的獨行玩家。

他總是用讓人完全感覺不到剛經歷過激戰的輕鬆態度來說些無聊的笑話激怒亞絲娜，不然就是告訴她關於下一層的情報……另外當亞絲娜因為無止盡的戰鬥而疲累不堪時，黑衣劍士也曾數次牽著她的手。

「桐人……」

明日奈一邊在鋼鐵階梯上踩出腳步聲，一邊輕聲呼喚著愛人的名字。

當然，不可能有聲音回答她。

這時她只能把幾乎快溢出來的寂寞以及恐懼壓回心底深處。不過和前天不同的是，現在和人已經不是行蹤不明的狀態了。他就在樓梯上方的小房間裡等待著明日奈。目前雖然沒有辦法交談——甚至也無法互相握住對方的手，但距離他醒過來的時間已經愈來愈近了。安岐夏樹護士說只要利用ＳＴＬ的治療像現在一樣順利的話，這一兩天裡腦神經網路便能完全再生，進入到恢復意識的階段了。

明日奈雖然早就準備進入這漂浮在伊豆七島近海的Ocean Turtle，卻沒有將詳情跟父母說明清楚。她當時也是請神代凜子博士幫忙，做出「要與博士一起到最先端企業的研究設施拜訪幾天」這種「不完全是謊言」的說明。

雖然自己也覺得這理由相當可疑，但母親結城京子只是凝視著明日奈好一陣子，接著便只說了一句「路上小心」。或許她早已看透所有事情了。

總之明日奈替自己爭取到由七月五日到七日的短短三天時間。也就是說，明天傍晚她就得搭上Ocean Turtle往新木場出發的定期直升機航班了。雖然還不確定能不能跟和人一起回到東京，但安岐護士的推測正確的話，自己應該能和醒過來的他對話才對。

那個時候一定要盡情地發脾氣、盡情地哭泣，然後盡情地大笑。

在螺旋樓梯中途停下腳步，用力深呼吸一次之後，明日奈才又繼續往前走。

又爬了二十階左右後，樓梯便暫時告一段落了。但不代表這裡已經是盡頭，厚重的金屬天花板上還有一道圓形艙口能夠通過，不過這裡卻是要爬上一道短短的直立式梯子。

這片厚達二十公分以上的金屬地板，正是把Ocean Turtle主軸分割為上下兩部分的複合式鈦合金製耐壓隔壁。雖然中西一尉表示它可以輕鬆擋下自動步槍在極近距離下發射的子彈，不過這艘並非軍艦的巨大人工母船應該不會發生那樣的事態才對。

——菊岡先生和那些人說的話都太誇張了。

明日奈一邊在內心這麼自言自語，一邊爬上鋁合金梯子穿過了船艙。來到上層後又是微暗的螺旋階梯，但照明卻變成了綠色系。簡直就像來到「另一層」一樣，心裡抱著這種感想的明日奈又再次爬起樓梯。

目前所在的上軸下部，放置有「Alicization計畫」的物理性中樞巨大裝置「LightCube Cluster」。它應該就在這條狹窄的樓梯間旁邊才對。

由於與LightCube Cluster相關的情報算是最高層級的機密，所以無法將詳細構造告訴明日奈，但明日奈聽說它基本上就跟名字一樣，是無數LightCube的集合體。

LightCube這個媒體能夠保存人工搖光——也就是地底世界人們算是Bottom-up型人工智慧的靈魂。在超過數十萬個整齊排列的LightCube中央，還有一個巨大的Cube。那裡面沒有靈魂，而是保存了地底世界人民龐大的「汎用視覺化記憶檔案（mnemonic visual data）」。這也就是STL技術的核心「Main

Visualizer」……

ＲＡＴＨ主任研究員比嘉健雖然在有些違背守祕義務的情況下告訴了明日奈關於地底世界的構造，但老實說明日奈心裡只有「不知道是怎麼回事」的感想。

既然都說這麼多了，何不讓自己看一下實際的LightCube Cluster呢，雖然明日奈這麼表示，但比嘉卻只是苦笑著這麼回答。他說Cluster全體都覆蓋在金屬殼之下，外表看起來只來個很普通的四角形箱子。而且那個外殼就連比嘉等工作人員，甚至是計畫負責人自衛官菊岡誠二郎二等陸佐都沒辦法打開。

因此明日奈就只能在腦袋當中描繪出Cluster的模糊印象。

那大概就像是整齊排列在微暗空間當中的無數小水晶。整體呈現正方形的水晶和放置在中央的大型水晶之間有著無數複雜的細微光線。那種樣子簡直就像聚集了許多星星的銀河中心……

可能是腦袋中正浮現這樣的想法吧。

明日奈遲了一會兒才發現有人從螺旋樓梯上走下來。

「啊，抱歉。」

她反射性低下頭，小聲道歉後便閃到左邊。但對方完全沒有回話，只是慢慢地經過她身邊。每走下一格階梯，就會發出「滋嚓、嗚咿咿」的腳步聲。

「…………？」

在內心對這種腳步聲感到有點詫異的明日奈終於抬起頭來，凝視著剛好經過身邊的人影。

「…………！」

她馬上就往後飛退，把背部靠在牆壁上。

因為走下樓梯的不是「某個人」，而是「某樣東西」。也就是說怎麼看都不像是人類。外表整體上來說還能算是人型，但骨骼是沒有任何塗裝的金屬框架，手腳與腰部連結著好幾個樹脂盒汽缸。關節部分的複雜齒輪構造完全外露，而且還有各種顏色的訊號電線像血管一樣到處亂繞。

它的背上還揹著一個大箱子，而臉部則是由大中小三個鏡頭所構成。浮現為什麼不乾脆用兩個中型鏡頭就好的想法後，明日奈才終於回過神來。她一面呼出屏住的氣息，一面用沙啞的聲音呢喃著：

「機……機器人……？」

結果謎樣機器人在這個時候忽然停止動作。

只見它停下原本要走到下一層階梯的腳，然後齒輪發出「嗚咿咿」的聲音把腳縮了回來。回到跟明日奈同一層的階梯後，又緩緩把身體往左……也就是往明日奈的方向轉去。大型與中型鏡頭雖然是黑色，但小型鏡頭深處卻閃著紅光，就像是正在看著明日奈一樣不規則地閃爍著——

「嗚…………」

明日奈從喉嚨深處發出細微的聲響並且想往後退。但背部已經靠在樓梯間的牆壁上，所以沒有退後的空間。這時不論她往左或往右，發出紅光的鏡頭都緊緊跟著她的臉移動。

連接各樓層的階梯裡應該不會湧出怪物，或者應該說根本就沒有機械型的怪物才對，不是啦，這裡是現實世界…………當心裡浮現一堆紊亂念頭的明日奈想要快步往回逃時——

「喂喂，別這樣啊，一衛門！」

一道聲音從上方傳了下來。一看之下，一名表情慌張的男人正從樓梯上往下衝。他穿著印有圖案的T恤與短褲，短短的頭髮就像劍山一樣往上翹，臉上還戴著一副大大的金屬框眼鏡。這個男人正是Alicization計畫的主任研究員比嘉健。這時他的右手上抱著一台看來已經使用相當久的筆記型電腦。

機器人就像能夠理解比嘉的斥責一般，直接把鏡頭的焦點從明日奈身上移開，接著再度將身體旋轉九十度。

明日奈這才鬆了一口氣，抬頭看了一眼站在上一層階梯的比嘉，然後用有些僵硬的聲音對他說道：

「……比嘉先生。這是什麼？」

「嗯——它呢……叫做『一衛門』。本名是『Electroactive Muscled Operative Machine』……簡稱EMOM，然後再加上一號的1，就變成1EMOM了。」

比嘉在回答時，臉上的表情也逐漸從抱歉變成了驕傲，於是明日奈在瞪了他一眼後才又問道：

「那……這個一衛門在這裡做什麼？」

結果回答問題的人不是比嘉。

「因為比嘉要我幫他一起測試程式。明明早就不是研究室的學妹學弟了……」

帶著苦笑說出這段話的，是繼比嘉之後從樓梯上走下來的女性。她在粗棉布襯衫與牛仔褲的打扮上又罩了一件白衣，頭髮則整齊地分到一邊去。女性有著讓人一看就聯想起「知識分子」這個名詞的容貌，而她正是大力幫助明日奈潛入Ocean Turtle的神代凜子博士。

「早啊，明日奈小姐。」

「早安。」

和站在比嘉旁邊的凜子打了招呼後，明日奈隨即再次由上往下看著機器人一衛門，並且向兩名研究者問道：

「……這不會也是Alicization計畫的一部分吧？」

一衛門率先走上螺旋樓梯，一行人來到目的地副控制室後，明日奈立刻放下心中的一堆疑問，急忙向通往ＳＴＬ收納間的通道跑去。

雖然無法進入狹窄通道前方的門，但左側的牆壁是由透明強化玻璃所構成。雙手貼在玻璃上，並且把額頭緊靠上去的明日奈，馬上凝視著將照明調到最弱的收納間。

並排在裡頭的兩座巨大直方體就是Soul Translator的四號機與五號機。這時五號機的電源已經關上，而四號機的幾個指示器上都持續有燈亮著，只是偶爾會閃爍一下。定眼凝神後，就能夠看見躺在連結本體的凝膠床上那個纖細的身影。

那就是桐人——桐谷和人了。許多方面來說，他也算是明日奈的「拍檔」。

一個禮拜前，和人在世田谷區的路上，遭到死槍事件的逃亡犯襲擊。在被注射了劇毒Succinylcholine的情況下，一時之間陷入了心肺停止狀態。

雖然靠著迅速的急救措施而撿回一條命，但血液停止流動還是給腦部留下了創傷。根據醫師診斷，最糟的情況有可能會變成植物人。這時準備了假救護車把這樣的和人帶到Ocean Turtle來的，就是主導「Alicization計畫」的菊岡誠二郎二等陸佐。他本人表示是因為相信ＳＴＬ一定能夠治療和人，才會做出這種不得已的選擇。

總之和人的意識似乎是存在於使用了假想世界「Underworld」的治療用ＶＲ空間內。聽說藉由在那裡讓意識，也就是搖光活性化，就能夠使得腦內網路重新復活。雖然聽過這樣的說明還是不怎麼能理解，但至少可以知道和人不只是陷入昏睡狀態而已。

明日奈現在就看著意識正在遙遠假想世界內冒險的和人。仔細一想就能夠發現，當自己被須鄉伸之強行綁架到精靈國阿爾普海姆時，和人也是三天兩頭就前來探病，自己現在的立場就和他當初非常相似。

——如果我也能夠像那個時候的桐人一樣，潛行到地底世界去幫助他就好了……

心裡一邊這麼想，一邊凝視著和人整整一分鐘以上後，明日奈才終於不再貼著玻璃。她在心裡呢喃了一聲「我中午會再來唷」，接著便回到了副控制室。

跟位於下軸的主控制室比起來，這裡算相當狹窄。除了控制面板是簡易型之外，連放在這裡的椅子看起來都比較簡陋。

比嘉和凜子不坐在椅子上，而是站著觀看桌面的筆記型電腦。他們旁邊還能看到機器人「一衛門」恐怖的身影。

確認機器人已經進入待機狀態後，明日奈便靜靜地走向兩人。

學生時代是同一間實驗室的學姊與學弟——另外茅場晶彥與須鄉伸之似乎也隸屬於這間實驗室——這兩名科學家就像回到當年一樣，快速進行著許多討論。

「瓶頸果然還是在平衡器的處理速度。你不是有預算嗎？不能用更快一點的晶片？」

「考慮到散熱系統和電力消耗之後，頭腦部分裝這些東西已經是極限了。再來就只能盡量校正ＥＡＰActuators的程式了……」

「說起來你那個聚合物人工肌肉已經是上個時代的東西了。應該要用ＣＮＴ了吧，這樣的話應該能更輕一點才對。」

「用、用那種東西的話，預算就……唉，我是已經弄到一台了啦……」

「你怎麼還是跟以前一樣捨不得用機材啊。」

凜子像是受不了這一點般搖了搖頭，接著才注意到明日奈，於是便有點不好意思地聳了聳肩說：

「啊，抱歉哦，明日奈小姐。我們太吵了。」

「不會，我想周圍熱鬧一點桐人也會比較開心。」

微笑著回答完後，明日奈再度看向機器人。從剛才的討論聽來，它全身的制動器都是有機素材的人工肌肉。雖然是全世界相當熱門的研究，而且是最先進的分野，但這和ＲＡＴＨ的主要目的高適應性ＡＩ似乎沒有什麼關連。

可能是察覺明日奈的疑問了吧，只見比嘉一邊坐到桌上一邊低聲呢喃著：

「製造這傢伙也是那個大叔的要求唷。」

「咦……菊岡先生嗎？要用來做什麼呢……」

「老實說，我也不知道他是不是認真的……」

這時凜子一邊嘆氣一邊這麼回答：

「他說呢，要招待在地底世界裡培育出來的搖光來真實世界，當然需要一副能夠讓他們活動的身體吧……」

「咦……也就是說，這機器人是為了要搭載ＡＩ而製造的囉？」

「好像是這樣。」

「正是如此。」

凜子和比嘉同時點了點頭，於是明日奈又從頭到腳看了一下一衛門的外表。整體來說的確可以算是人型，但框架有稜有角，關節也整個外露，就算在上面蓋上幾塊矽膠看起來也不像是人類。

「……雖然對一衛門先生有點不好意思，但忽然發現身體是這種模樣的話，ＡＩ一定會嚇一大跳吧……？」

至少明日奈跟和人的「女兒」，Top-down型ＡＩ的結衣就一定會斷然拒絕進入這樣的身體裡面吧。明日奈一面這麼想一面這麼表示，結果比嘉像是很慌張般開始揮動右手：

「不是啦，到時候不是由一衛門搭載ＡＩ。它只是採集檔案用的試驗機，腦袋部分也是舊型的構造，所以才會變得這麼大一顆。除了這傢伙之外還有ＡＩ搭載試驗用的二號機，那傢伙就瘦多囉。」

「二號機…………順便問一下，它的名字是……？」

明日奈有些遲疑地問道，結果比嘉馬上用理所當然的表情回答：

「叫做『二衛門』。」

「是咩……不對，是這樣啊。」

輕輕搖了搖頭後，明日奈才又繼續問道：

「為什麼ＡＩ搭載型能比較瘦呢？」

「那是因為，感應器和平衡器的性能……應該會有飛躍性的進步啊。」

再次替比嘉回答的凜子橫向走了一步，不知道為什麼忽然就兩腳併攏並且墊起了腳尖。她微微張開雙臂，不停晃動身體來保持平衡。

「我們人類呢，平常隨便一個起身動作，其實也是經過不斷微調全身平衡之下的結果。而且還都是在無意識中所進行的。我現在雖然為了不跌倒而持續保持平衡，但腦袋裡也沒有特別去想『右邊稍微傾斜了一點所以伸出右腳並且縮起左腳』。只是內藏在腦部……也就是人工搖光裡的自動平衡器控制了肌肉與骨骼之後的結果。」

說完後便把穿著球鞋的腳踝放回地板上並且露出微笑。

「一衛門身上就搭載了利用機械與電子來重現這種自動平衡的輔助機構。不過呢，光是要讓它像剛才那樣緩緩地上下樓梯，就必須要用上大量的感應器、平衡器、高性能的ＣＰＵ，以

及驅動它們的電池與散熱系統，另外也需要能夠支撐這些重量的堅固框架。所以二衛門才沒有辦法變得更瘦一點。」

「別看它這樣，和十年前比起來，已經算是相當接近人型了呢。」

比嘉一邊苦笑一邊這麼說道，而明日奈則是緩緩地點了點頭並且回答：

「也就是說……頭腦不是以往的ＣＰＵ而是人工搖光的話，就能和人類擁有相同性能的自動平衡器……」

「ＹＥＳ，就是這樣。可以將輔助機構縮小為幾分之一，這樣的話框架也會比較輕，制動器也會比較少，也就能實現幾乎與人類一樣的軀體……唉，如果能這樣就好囉，老實說這也只是近似妄想的預測啦。剛才我也說過，在開發部的二衛門呢，光看外型的話已經相當像人類了。」

「這麼有自信的話，怎麼不快點讓我看……」

話說到這裡，凜子忽然就閉上了嘴巴。像是在考慮什麼事情般皺起眉頭，接著更壓低聲音繼續表示：

「比嘉……那個二衛門還沒辦法自主移動吧？」

「咦？那是當然囉。基本上是把ＣＰＵ放上去了，但還欠缺最重要的控制程式。而且就算灌入和一衛門相同的程式，二衛門的感應系統應該走個兩三步就會跌倒了吧。」

「…………這樣啊……。」

凜子緩緩點了點頭，像是要轉換心情般深呼吸了一下，然後又看著明日奈說：

「明日奈小姐，等一下要去吃早飯了？」

「啊，對。」

「那我們一起去食堂吧。比嘉好像要和一衛門在這裡吃的樣子。」

原本以為她是在開玩笑，但比嘉馬上就從短褲口袋裡拿出代餐棒，然後一邊晃動著它一邊對兩個人說「妳們慢走」。感覺有些難以置信又有些佩服的明日奈輕輕對他點了點頭，接著便追著凜子往前走去。

她最後又往STL收納間的方向看了一眼，然後動嘴唇無聲地說了句「再見唷」。

從副控制室來到通道上後，剛好有人從電梯的方向往這邊靠近。那是兩名都在T恤上套著白衣的男性。他們兩個人應該也是目前船內超過十人以上的RATH員工，但明日奈還不清楚所有人的姓名。而不知道明日奈真正身分的對方現在應該還認為她是凜子的助手才對。

跟在凜子後面向他們點頭打了招呼的明日奈，在與第二名工作人員擦身而過時，忽然有某種感覺而把視線往旁邊移動。但這個把長髮綁在後面，還有著滿臉鬍渣的男人，明日奈對他的側臉並沒有印象。不過——腦袋深處卻有刺痛的感覺。如果這裡是艾恩葛朗特的話，雖然不至於會拔出細劍，至少也會把指尖放在劍柄上吧……

「明日奈小姐，怎麼了嗎？」

聽見凜子輕聲呼喚後，明日奈才注意到自己已經停下腳步。而男性員工這時已經啪嚓啪嚓地踩著樹脂拖鞋往副控制室的方向走去了。

「沒有……沒什麼。」

即使回答完並且再次開始往前走，明日奈還是花了一段時間，試著想要找出產生那種奇妙感覺的原因。但在左思右想當中感覺就開始逐漸淡去，最後整個消失不見了。

第六章　囚犯與騎士　人界曆三八〇年五月

1

即使到了現在，還是偶爾會想起被囚禁在浮遊城艾恩葛朗特裡頭的日子。

那個時候……尤其是死亡遊戲的第一年，每天真的都相當漫長。這是因為每當到城鎮外面的時候，總是得一直警戒怪物（有時會是玩家）的襲擊，而且為了持續最有效率的升等，自己不斷地訂下極為嚴苛的時間表並且加以實行。

除了將睡眠時間刪減到能保持集中力的最低限度之外，就連吃飯的時候都在默記從情報販子那裡買來的各種資料。雖然遊戲後期反而被稱作是攻略組的壞學生，甚至會花上一整天來睡午覺，但還是沒有任何浪費時間的記憶。感覺上在浮遊城的兩年幾乎和進入ＳＡＯ之前的十四年擁有同樣的質量。

和當時比起來——

自從被丟進這個不可思議的世界「Underworld」後，想不到時間竟然會過得如此之快。

當然自己也沒有渾渾噩噩地過日子。從盧利特村開始旅程，然後在薩卡利亞加入衛兵隊，最後在央都聖托利亞帝立修劍學院學習的兩年可以說每天都充滿變化。以忙碌的程度來看，說不定還勝過ＳＡＯ時代。但是像這樣回顧過去時，總有種時間稍縱即逝的強烈感慨。

理由可能是因為——這個世界裡，沒有名為天命的ＨＰ歸零的危險性。

也有可能是，這個世界的時間過得比現實世界快上許多的緣故。

當我要到充滿謎團的新興企業「ＲＡＴＨ」打工時，他們跟我說明過ＳＴＬ擁有的最大搖光加速機能是三倍。但那應該，不對，那一定是在欺騙我。從幾份資料來看，我推測現在的ＦＬＡ倍率可能已經達到一千倍了。如果這個數字正確，那即使我在這個世界已經渡過大約兩年的時間，現實世界裡也不過僅僅十八個小時而已。除了沒有生命的危險之外，這驚人的倍率一定也是讓我覺得在這裡日子過得特別快的原因。

……不對。

說不定還有另外一個理由。

那就是，我覺得在這裡的生活……尤其是在修劍學院和尤吉歐、索爾緹莉娜學姊、羅妮耶與緹潔一起度過的日子相當有趣的緣故。明明進入學院磨練劍技都是為了要早日脫離這個世界。但心底卻又希望這種快樂的日子能夠持續下去，所以才會覺得時間過得特別快。

如果是這樣子的話，那我就等於是背叛了在現實世界裡替我擔心的亞絲娜、小直以及詩乃等人。

所以現在應該就是我背叛行為的報應了吧。在修劍學院的生活也因為染血而結束，目前被綁在這種只能看見一點點陽光的地底下——

當我中斷思緒並撐起上半身時，緊緊綁住我右手的鋼鐵鍊子便發出鈍重的聲響。一陣子後，附近的暗處便傳來低沉的詢問聲：

「……你醒了嗎，桐人。」

「嗯嗯……剛醒不久。抱歉，把你吵起來了嗎？」

為了不讓獄卒發現而用同樣低沉的聲音問完後，這次則傳來了細微的苦笑聲：

「怎麼可能睡得著呢。只能說從被打入牢裡當天晚上就能呼呼大睡的桐人你太不尋常了……」

「這是艾恩葛朗特流的心法之二。能睡就要盡量睡。」

隨便胡謅了一些話後，桐人便再次看起四周圍的環境。

不過周圍這時根本籠罩在濃濃的黑暗當中，唯一的一點光線是來自於鐵欄杆後面通道盡頭的獄卒休息室。所以必須定眼凝神，才能大概看得出隔壁床尤吉歐的輪廓。

當然自己早就學會隨便就能讓棒狀物前端發光的初級神聖術，但這座牢獄似乎為了保險起見，已經讓所有術式都失效了。

雖然看不見表情，但我還是把視線朝著尤吉歐的臉龐附近看去，猶豫了一下子後才問道：

「怎麼樣……稍微冷靜下來了嗎？」

根據體內時鐘來判斷，現在大概是凌晨三點左右吧。被丟進這座地下監牢的時間應該是昨天中午左右，如果從前天傍晚發生那件事後開始算起，現在也才經過三十五小時左右的時間。違背禁忌目錄用藍薔薇之劍砍了溫貝爾．吉傑克，之後又目擊萊歐斯．安提諾斯精神崩壞而死的尤吉歐，應該受到了言語難以形容的衝擊才對。

經過一陣子沉默後，變得更加輕微的聲音這麼回答：

「總覺得……一切好像在作夢一樣……不論是我對溫貝爾拔劍……或者是萊歐斯變成那樣…………」

「……別太鑽牛角尖。現在只要考慮接下來該怎麼辦就好。」

我好不容易才對沉默下來的尤吉歐說出這樣的話。其實很想摸摸他的背，但被鐵鍊綁住的我根本到不了他的床旁邊。正當我死命凝視著好友的輪廓時，一道微弱但說著「知道了，我不要緊」的聲音傳了回來，這才讓我悄悄地鬆了一口氣。

砍斷萊歐斯．安提諾斯雙腕的不是尤吉歐而是我。只要馬上處理的話，他的傷勢應該還不致於會致命才對，但他應該是為了要處理「自己的天命」與「禁忌目錄」的優先順序而陷入了無限的思考迴圈狀態，結果搖光就這樣崩壞了。

當然還是會有直接造成一名地底世界人民失去生命的罪惡感。但是兩年前，我為了解救修女見習生賽魯卡，就已經在盧利特村北方洞窟裡砍殺了兩隻哥布林，不對，應該說砍殺兩個人了。既然萊歐斯與那些哥布林都是人工搖光，那麼如果我在這裡因為罪惡感而一蹶不振的話，某種意義上來說就太對不起那個比萊歐斯還強得多的哥布林隊長了。

只不過——就算是這樣，自己還是有無法接受的地方。

按照我的推測，運作地底世界的企業ＲＡＴＨ，或者可以說菊岡誠二郎的目的應該是要創造出完全的人工智慧。

生活在這個世界裡的人工搖光們，早已經擁有和現實世界的人類相同程度的情緒與智慧了。如果說這些人唯一的瑕疵是「對法律絕對的盲從」，那麼為了解救緹潔與羅妮耶而拔出藍薔薇之劍砍了溫貝爾的尤吉歐現在已經超越了這道障壁。換言之就是通過了最後的難關，進化成真正的人工智慧了。

但是，即使內部時間已經過了三十五個小時的現在，世界還是沒有停止的跡象。難道是加速倍率過高，ＲＡＴＨ的工作人員還沒有檢查出這個狀況嗎，還是發生了什麼超出我想像之外的重大事故……

「接下來的事情嗎……」

旁邊的尤吉歐忽然這麼呢喃著，於是我便丟下內心的疑問，把不知不覺間朝向天花板的視線移了回來。已經習慣黑暗的眼睛看見尤吉歐的身影先是點了點頭，然後又開口表示：

「桐人說的沒錯。得想辦法離開這座監牢，然後確認愛麗絲發生什麼事情……」

在對似乎已經逐漸從衝擊中恢復過來的好友感到放心的同時，也開始思考他剛才所說的話裡頭所包含的重大意義。尤吉歐毫不猶豫地說出「得想辦法離開這座監牢」。這也就表示，對他來說應該是象徵公理教會權威的這座監牢——也就是在獲得神明允許前不應該離開的場所，已經比不上愛麗絲了。經過前天發生的事情之後，尤吉歐的精神構造果然有了很大的變化。

但現在也沒有時間去深究這件事情。因為太陽出來之後，隨時可能會有法官或者處刑人來把我們帶走。正如尤吉歐所說的，應該等逃離這裡之後再考慮其他事情。

「嗯嗯。一定……有什麼方法可以離開才對。」

——如果這是ＲＰＧ裡的「關禁閉事件」的話。

內心加了一句無謂的台詞後，我便再次摸了摸綁住自己的鐵鍊。這冰冷又堅硬到令人絕望的鋼鐵，一端是和套在右手腕上的同素材鐵環熔接在一起，另一端則連接在埋於壁面的環上。我早已確認過，手銬、牆壁上的環以及鐵鍊本身都不是用力拉扯就能摧毀的物體。

昨天早上，我和尤吉歐終於達成了由北方盡頭展開旅程之後的最終目標，也就是跨越公理教會中央聖堂的圍牆。只不過是在全身被綁住而且吊在飛龍腳上的情況下。

當時根本來不及觀賞貫穿雲端的白色巨塔，就被帶到巨塔後方走下漫長的螺旋階梯，終於到達監牢後就被交給看起來相當恐怖的獄卒。

自稱愛麗絲·辛賽西斯·薩提的整合騎士結束工作之後就頭也不回地離開，而戴著鐵罐般金屬面具的魁梧獄卒馬上用緩慢……但相當確實的動作把我和尤吉歐綁在牢裡的鎖鏈上。

這段時間裡，就只有當天傍晚時從欄杆外面丟進來裝著硬梆梆麵包以及溫水的皮袋讓我們進食。跟這裡比起來，被關在艾恩葛朗特黑鐵宮裡的犯罪玩家，所受的待遇根本就和高級飯店的總統套房沒有兩樣了。

昨天晚上我就試過用力拉扯、啃咬，甚至是用神聖術來切斷鐵鍊等方法，但是不出所料地都失敗了。如果有尤吉歐的藍薔薇之劍或者我的黑傢伙在身邊，一擊就能把這種鐵鍊切開了，但羅妮耶她們弄得滿手是傷還是幫我們拿過來的兩口劍早就跟愛麗絲一起不知去向。雖然羅妮耶送給我們的便當沒有被沒收，不過也早就消失在我和尤吉歐的胃裡。

總而言之，雖然嘴裡說著「一定有什麼辦法」，但現階段幾乎可以說是束手無策。

「……八年前……愛麗絲也是被綁在這裡嗎……」

尤吉歐坐在只有在鐵框架上蓋了些破布的床上無力地這麼說道。

「嗯……這很難說。」

雖然算不上答案，但我也只能這麼回答了。如果尤吉歐的青梅竹馬兼賽魯卡的姊姊，愛麗絲・滋貝魯庫也受到跟我們一樣的待遇，那就表示年僅十一歲的她當時是獨自被交給那個鐵面獄卒並且綁在這間房裡。我想她一定感到相當恐懼才對。

不久後她就被帶到審問台去，然後宣告必須接受某種刑罰——但是之後呢……？

「尤吉歐啊，為了慎重起見還是先跟你確認一下……那個叫做愛麗絲・辛賽西斯・薩提的整合騎士真的就是你在找的那個愛麗絲嗎？」

有些猶豫地問完後，又過了幾秒鐘的時間才有相當痛心般的聲音傳出來：

「我不可能會忘記那道聲音……那頭金髮以及湛藍的眼睛。那是愛麗絲沒錯。只不過……給人的感覺完全不一樣了……」

「如果是青梅竹馬的話，她揍你的那一下還真是完全不講情面哦。這也就是說……她的記憶或思考被用某種手段給控制住了……」

「但是教科書上沒有這種神聖術唷？」

「教會的偉大司祭不是能操縱天命嗎？這樣的話能夠影響記憶也不是什麼奇怪的事情吧。」

沒錯——我用來潛入地底世界的「Soul Translator」正是能夠做到這種事情的機器。既然連人體腦部的記憶都能操縱了，只是保存在某種媒體裡的人工搖光應該能更容易且更深入地更動他們的記憶才對。我一邊想一邊繼續說道：

「但是……那個騎士如果是愛麗絲本人，那麼兩年前在盧利特村北方洞窟裡的『那個』又是什麼……」

「啊啊……記得你有跟我提過。準備和賽魯卡一起治療我傷勢的時候，聽到了像是愛麗絲的聲音……」

雖然沒跟尤吉歐說過詳細的情形，但為了解救在與哥布林戰鬥中受了重傷的他，我藉助了賽魯卡的力量把自己的天命分給他。不過那是相當危險的行為，而且天命也以超乎意料之外的速度減少，當我認為已經撐不下去時——忽然就聽見了……「桐人、尤吉歐……我會一直等待你們……我會一直在中央聖堂頂端，等著你們的到來……」

除了這道聲音之外，我同時也感覺內心充滿了不可思議的溫暖光芒，而它也讓我和尤吉歐的天命一起恢復了過來。所以那應該不是我的記憶發生錯亂。一定是很久之前被公理教會帶走的愛麗絲用未知的力量救了我們。

做出這種判斷的尤吉歐和我，就以到中央聖堂尋找這道聲音為目標，最後也真的來到了央都。

但在出乎意料之外的時機下出現在我們面前的「愛麗絲」，已經不是盧利特村村長的女兒愛麗絲．滋貝魯庫，而是自稱整合騎士的愛麗絲．辛賽西斯．薩提了。那種只認為我們是大罪人的態度，讓人完全感覺不出她就是尤吉歐的青梅竹馬。

她到底是臉和名字極為相似的另一個人，或者是被操縱了記憶的真正愛麗絲呢。為了確認這一點，我們一定得想辦法逃出監獄，實際爬到中央聖堂的最頂端——那個能夠得知公理教會所有事情的場所才行了。

雖然最後還是要到那個地方去，但眼前的鐵鍊和鐵欄杆看起來都不太容易對付。

「啊啊，真是會吊人胃口……如果神出現在這裡的話，我一定把祂綁起來，直到問出所有的實情為止！」

我一邊想著菊岡誠二郎那個眼鏡男裝傻的表情一邊輕聲這麼說道，結果尤吉歐馬上苦笑著呢喃：

「喂喂，在教會裡罵史提西亞神不太妙吧，說不定馬上就會有報應唷。」

看來就算禁忌目錄的優先順位有所變動，他還是沒有喪失信仰之心——即使心裡這麼想，我還是忍不住又開了個玩笑：

「這樣的話，看能不能報應在這條鐵鍊上。」

說完之後我忽然想起一件事，於是便改變口氣繼續說道：

「等等。說到這個史提西亞神，這裡沒辦法叫出『窗戶』嗎？」

「聽你這麼說我才想到還沒試過。你試試看嘛。」

「嗯嗯。」

確認過鐵欄杆外通路左邊的獄卒休息室沒有動靜之後，我便伸出了右手的食指與中指。做完已經相當熟悉的呼喚史提西亞之窗的手勢，接著用左手輕輕敲了一下握住的鐵鍊。

隔了一陣子，見慣了的淡紫色窗戶就浮了出來。雖然覺得就算確認鐵鍊的屬性也於事無補，但能收集到一些情報總是讓人開心的一件事。

「哦，出來囉。」

我笑著對尤吉歐這麼說完後便往窗子看去。結果上面只顯示了三行文字。它們是物體的固定ＩＤ以及下方「２３５００／２３５００」這種令人無奈的耐久值，另外還有「Ｃｌａｓｓ 38 Ｏｂｊｅｃｔ」這樣的文字列。

等級38這個數字已經比一些名劍的優先度還要高了，但還是比不過神器藍薔薇之劍的45級。另外我那把花了一年研磨「巨神大杉樹」基家斯西達的樹枝製造出來的黑劍也有高達46的優先度。也就是說只要有其中一把劍，就能夠把這條鐵鍊切斷，但現在再說這些也沒用了。

跟我一樣叫出鐵鍊窗戶的尤吉歐，果然忍不住用放棄的聲音低聲說著：

「嗚哇，這就算再用力拉也沒用啦。要把鐵鍊切斷，至少也需要同樣是等級38的武器或道具才行……」

「正是如此。」

我再次環視了一下黑暗狹窄的監牢，但裡頭只有簡陋的鐵床和空空如也的水袋而已。想到或許可以把床腳拆下來當成鐵撬，於是便在抱著一絲希望的情況下叫出了它的窗戶，但果然跟它的外表一樣，只是等級3的便宜貨。雖然鐵欄杆看起來堅固多了，但鐵鍊的長度根本沒有辦法走到那裡。

看見依然不願意放棄的我拚命轉動脖子，尤吉歐只能無力地說道：

「再怎麼找也不能在這種監牢裡找到名劍啦。說起來根本不用找嘛。這裡也不就只有床鋪、水袋和這條鐵鍊而已嗎。」

「這條……鐵鍊……」

我一邊低聲說道，一邊看著綁住自己手腕的鐵鍊，接著又把視線移到從尤吉歐手上延伸出來的鐵鍊。忽然浮現某個點子的我，一面壓抑著興奮一面低聲表示：

「等等，不是只有『這條』。而是有『兩條』鐵鍊唷。」

「啥？」

尤吉歐歪著頭表現出「你在說什麼啊」的表情，於是我便揮手要他到床下來。我跟著也踏上石頭地板，然後確認夥伴在微暗當中的站姿。

從昨天一直穿到現在的學院制服露出來的右手腕上，和我一樣套著線條粗獷的鐵環，而熔接在上面的長長鐵鍊則連結著埋入牆壁的圓環裡。

我首先鑽過從尤吉歐右手上延伸出來的鐵鍊，跨過它之後又回到原來的位置。這下子我和尤吉歐的鐵鍊就交叉成X型了。我揮手要尤吉歐稍微退後一點，接著自己也往後退，結果兩條鐵鍊的交叉點馬上響起尖銳的聲音並且繃了起來。

看見這種樣子之後，尤吉歐似乎終於了解我的企圖了。

「那個……桐人，你不會是想直接這樣用力拉吧？」

「就同時用力啊。既然兩條鐵鍊的優先度相同，那原則上來說，這樣就能互相削減它們的天命了。我們試試看就知道，你快點用兩手抓住鐵鍊。」

尤吉歐雖然露出懷疑的表情，但還是按照我的指示用雙手握住由右手延伸出去的鐵鍊並且沉下腰部。等我做出相同的動作後……

「唉唷，在開始之前……」

我先用左手做出手勢，再次叫出了鐵鍊的「窗戶」。

如果是在現實世界裡，想用相同的方法來切斷鐵鍊的話，最多也只能在表面留下淺淺的缺痕而已吧。

但在這個地底世界當中，萬物就算再怎麼真實，也不可能完全遵照現實世界的物理法則。就像用神器．藍薔薇之劍就能在短短幾天內砍倒直徑四公尺的巨樹一樣，讓兩個物體在一定速度與強度之下互相衝撞，優先度較高的一方最後一定會破壞較低的那一方。

我們以眼神溝通了同時拉動的時機，接著便用盡吃奶的力氣拉扯粗大的鐵鍊。

當「嘰！」一聲鈍重的金屬聲響起時，我差點就因為尤吉歐出乎意料之外的力道而往前撲，最後終於死命地站穩了腳步。我馬上露出不願意輸給對方的表情，於是有點忘記一開始目的的我們就這樣持續比拼著力氣。

鐵鍊的交叉處發出刺耳的摩擦聲，而且斷斷續續有橘色小火花出現。我在保持拔河狀態之下探頭看向叫出來的「窗戶」。

「哦！」

雖然很想用力握拳做出成功了的姿勢，但因為兩手都不能動，最後只能選擇露出笑容。鐵鍊原本有兩萬以上的天命，但最後一個位數正以肉眼無法確認的速度不斷減少，而十位數也持續地減少當中。照這個速度來看，幾分鐘以內就可以讓它歸零了。於是我再次咬緊牙關，更加用力地和尤吉歐進行拔河比賽。

這個方法當然只有在出現兩條鐵鍊與兩名囚犯的時候才能使用，而且囚犯的「物體控制權限」——也就是ＳＡＯ裡的筋力值——也必須有相當高的水準才行。八年前十一歲的愛麗絲因為是自己一個人被關進監牢裡，所以沒有辦法像這樣切斷鐵鍊。

她應該是按照預定被拉到法庭接受審問，然後在那裡發生了什麼事。如果那個整合騎士愛麗絲就是盧利特村的愛麗絲本人，那一定就是「某種力量」控制了她的記憶與思考，讓她變成了公理教會忠實的士兵。

因為浮現這樣的想法，竟然讓我忽略了相當重要的事情。之所以要叫出窗戶，就是要在鐵鍊的天命快要歸零前停止拔河狀態。因為不這樣的話——

「嗶嘰！」一道與之前完全不同的尖銳金屬音響了起來。

還來不及反應，我和尤吉歐的身體便以猛烈的速度往後彈去，接著後腦勺整個撞到了厚厚的石牆上。

我蹲在地上，用兩手抱住頭，承受著STL忠實再現的疼痛與暈眩感。等它們消失之後，擔心獄卒一定會注意到的我馬上確認鐵欄杆後方的狀況，幸好還是沒有任何反應。我這才鬆了一口氣並且慢慢地站了起來。

遲了一會兒起身的尤吉歐一邊用左手摸著頭一邊抱怨著：

「嗚嗚……剛才那一撞大概減少了一百左右的天命。」

「這樣已經算很不錯了。來，你快看。」

我伸出了右腕，晃了一下從鐵環上無力往下垂的鐵鍊。完全被切斷的鐵鍊大約留下一梅爾二十限，不對，一公尺二十公分的長度在我們手上。滾落在地板上的四個U字型金屬片，就是兩個鐵環終於承受不住交叉點拔河的拉力而從中間裂開的結果。當我們盯著它們看時，它們忽然就發出細微的聲音並且消失了。

忽然想起一件事的我，馬上叫出右手腕上鐵鍊的「窗戶」，結果它的天命竟然已經恢復到將近原來數值的１８０００了。我的預想，或者應該說期望是，靠著互相拉扯讓它們天命歸零的瞬間，長達三公尺的鐵鍊就會整個消滅了，但可能因為它們的構造原本就是由許多鐵環串聯起來的吧，斷掉之後就被重新設定為新的鎖鏈物體了。

正當我想到這裡時，同樣在檢查自己手上鎖鏈的尤吉歐忽然用力聳了聳肩並且說：

「真是的……這種胡搞的才能我永遠都比不上你啊。」

「哼哼，胡搞、荒唐、莽撞一直是我的註冊商標啊。話說回來……這東西好像就沒辦法處理了……」

雖然從只能離開牆壁三梅爾，不對，應該是三公尺的狀況下被解放出來，但卻完全想不出辦法把手上剩餘的鐵鍊弄掉。就算再拔河一次能讓它變得更短，還是沒辦法把它全部拿掉。

「看來只能直接帶著走了。雖然有點重，但纏在手臂上的話，應該就不會阻礙到跑動了。」

尤吉歐說完便開始把剩餘的鐵鍊纏在前臂上，無計可施的我也只能跟著這麼做。完成了速成的鐵鍊護手後，我們隨即互相看了對方一眼並且露出苦笑。

「那麼……」

覺得在開始下一個行動前，還是得先確認一下某件事才行，於是我便用認真的表情看著尤吉歐。用力吸了口氣後，開口表示：

「還是先問一下……真的沒關係吧，尤吉歐。逃離這裡去尋找跟愛麗絲相關的實情，也就等於是全面反叛公理教會。今後不論要採取什麼行動，都沒有讓你猶豫的空間了。沒辦法立刻下定決心的話，你還是留在這裡比較好。」

這應該是認識兩年以來，我對他說過的最嚴厲發言，但這已經是絕對無法逃避的過程。

表面上看起來已經恢復冷靜，但尤吉歐的搖光……也就是光量子集合體的靈魂才剛經過劇烈的構造變化。這是因為他否定了從懂事以來就一直深信不移的公理教會以及禁忌目錄這兩個絕對權威，重新設定了自己內心的優先順序。

也就是說，現在尤吉歐的心理狀態應該比外表還要不安定，要是逐漸轉變的思考回路承受太多負荷，很有可能會像萊歐斯那樣產生靈魂的異常。所以我在這三十五個小時當中，都不主動提起關於公理教會與禁忌目錄的話題。

但是，現在要進行的是逃獄並且入侵中央聖堂的激烈反叛行動，與其在行動當中突然猶豫不決，倒不如趁現在讓他先鞏固自己的意識。無論如何，我都得讓尤吉歐順利到達中央聖堂最上層——也就是那個應該存有控制臺，好讓我能夠脫離這裡回到真實世界的地方。

沒錯，我想讓獨一無二的夥伴兼好友和現實世界的人類見面。

現在的地底世界，在營運企業ＲＡＴＨ獲得期望的實驗成果後，可以說隨時都有可能會被重置。那個時候，生活在這個世界裡將近十萬人的搖光應該全部都會被刪除才對。自己絕對不允許有這種事情發生。無論如何我都要讓尤吉歐直接和RATH的工作人員，以及應該是幕後黑手的菊岡誠二郎對話，讓他們了解自己究竟創造了什麼樣的東西。

地底世界的人們絕對不是假想世界裡的NPC。

他們擁有和現實世界裡的人類完全相同的智慧與感情，所以也有在這裡生存下去的權利。

聽見我「現在馬上下定決心」的發言後，尤吉歐一瞬間瞪大了眼睛，但馬上又緩緩低下頭去。他抬起自己的右手，在胸前緊握住拳頭。

「……嗯嗯……我知道了。」

他發出來的聲音雖然像是沉穩的呢喃，但卻帶著堅毅與無法動搖的決心。

「我已經決定了。只要能和愛麗絲一起回到盧利特村，就算要違背公理教會我也在所不惜。必要的話，我會不斷拔劍戰鬥。如果那個整合騎士是真正的愛麗絲……我一定要找出她失去記憶的理由，並且讓她恢復成原來的愛麗絲。對我來說，這才是最重要的事情。」

尤吉歐說完後便抬起頭來，以充滿堅定光芒的眼睛筆直地看著我並露出了微笑。

「在郊遊的時候，桐人曾經說過『有許多即使法律禁止也非得去做的事情』對吧。我現在終於能夠了解你的意思了。」

「…………這樣啊。」

我馬上將充塞胸口的不可思議感慨隨著冷空氣一起吞下去。點了點頭並往前走出一步，接著輕輕拍了拍夥伴的左肩。

「我感受到你的決心了。但是……從這裡出去之後，我們要盡量避免戰鬥唷。如果遇見了愛麗絲之外的整合騎士，我也不認為我們兩個能打得過他們。」

「難得桐人會這麼沒自信。」

對露出笑容的尤吉歐回了一句「那些傢伙是世界最強的唷」後，我便靠近隔著牢房與通道的鐵欄杆。然後先從那直徑大約有三限的粗大鐵棒上叫出「窗戶」。它的物體等級是——20。也有將近一萬的天命。

站在旁邊的尤吉歐看了一下視窗後也沉吟了起來。

「嗯……鐵鍊的話還有辦法，但要空手把它們弄彎一定得花很多時間吧。怎麼辦，我們兩個要不要用身體撞撞看？」

「這樣的話，我們的天命也會跟欄杆一起減少啊。我有辦法了，你等著看吧。」

用手勢要尤吉歐往後退，接著我便解開纏在右臂上的鐵鍊。雖然說的好像我早有妙計一樣，其實是在把鐵鍊纏到手上時才冒出這樣的想法。修劍學院時期，指導我一整年的索爾緹莉娜學姊在用完象徵賽魯魯特流的武器·白皮鞭後也都是這樣把它纏在手上。

看見我用右手握著長一·二公尺的鐵鍊並且輕輕晃動後，尤吉歐便用有些擔心的口氣說：

「桐、桐人，你想用那個破壞鐵欄杆嗎？要是一個不小心打到自己，可是會受重傷的唷……」

「別擔心，索爾緹莉娜學姊教了我許多用鞭的方法。因為她可是被稱為『活動戰術總覽』的人啊……聽好了，把鐵欄杆轟飛一定會發出巨大的聲音，我們要一口氣朝樓梯跑過去唷。獄卒衝出來的話也不要和他戰鬥，只要逃走就好。」

「……哦，學姊教了你很多用法嗎？」

不理會尤吉歐奇妙的反應，只是讓鐵鍊震動的幅度愈來愈大。雖然要用它來做鞭子長度實在有點不太夠，但優先度38應該能補足它的威力才對。

——不要在意握著鞭子的手，要感覺前端的重量來揮鞭。

我一邊想起學姊所說的話，一邊大動作將鏈子往後拉，在它快要完全伸直前，才隨著喊叫聲將其揮出。

「嘿！」

鐵鍊如同深灰色大蛇一般閃過空中的前端，直接命中了粗三公分的鐵棒互相連結的地方，在黑暗中爆出了炫目的火花。

鐵欄杆就這樣隨著「磅咯——！」的巨大聲響從上下的框架脫落往外飛出，撞上了對面牢房的鐵欄杆後才倒在地板上。如果那邊也有囚犯的話，一定會認為是索魯斯的天譴降臨到自己身上了。

因為滿天塵埃而屏住呼吸的我連滾帶爬地來到走道上。那個戴著鐵罐般面具的獄卒就算睡死了，剛才那麼巨大的聲音應該也會讓他醒過來了吧。雖然不認為他擁有跟整合騎士同等級的實力，但目前手邊只有一條拿來暫代鞭子的鎖鏈，所以最好還是避免發生戰鬥。

我一邊擺出備戰姿勢一邊看著通道前方的狀況，但過了幾秒鐘之後還是沒有任何人出現。我看了一眼接著從牢房裡出來的尤吉歐，然後迅速表示：

「可能躲在外面埋伏。還是要小心。」

「了解。」

互相點了點頭之後，即使才剛發出轟然巨響，我們還是躡手躡腳地跑了起來。

根據被帶來這裡時所記住的情報，這座公理教會地下監牢裡，有著宛如輪輻狀的八條通道，每條通道的兩側各設置了四間牢房。如果所有的牢房都是雙人房，那就是有八×八×二共一百二十八人的收容量了，但我想這座牢獄蓋好之後，應該從來沒有住滿過人才對。

八條通道聚集處，也就是類似車軸的地方有一間小小的獄卒休息室，圍繞著休息室的螺旋階梯則直接通往地面。最好的情況是能順利躲過獄卒的攻擊然後衝上樓梯。一邊這麼想一邊衝過通道的我，暫時在休息室前停下腳步，偷偷看了一下裡面的情況。

圓筒型的休息室牆上吊著一座小小的油燈，正發出曚曨的光線照耀著四周圍。雖然看不到任何會動的東西，但卻有種獄卒躲在出口的死角，手裡拿著恐怖武器等我們出現的強烈感覺。

「桐人啊……」

「噓！」

「我說桐人！」

正準備要觀察角落是不是躲著人的時候，尤吉歐從後面戳了戳我的肩膀，讓我不得不回頭問他說：

「怎麼了嘛？」

「你聽這聲音……是不是鼾聲啊？」

「你說什麼……」

照他所說的豎起耳朵之後，我馬上就聽見雖然細微，但是卻相當熟悉的某種低音周期性地響起。

「…………」

我又看了一下尤吉歐的臉，輕輕搖了搖頭後才又邁開腳步。

經過通道之後（當然角落的死角處連隻老鼠也沒有）是一個還算寬敞的圓形空間，中央立著一根直徑五公尺左右的石柱。柱子的內部是中空的，而那裡就是獄卒的房間兼鼾聲的來源地了。

柱子側面裝著黑色鐵門，門上方還有一個小小的監視窗。我和尤吉歐躡手躡腳地靠近鐵門，然後把臉貼在窗上觀察內部的情況。

圓形房間正中央放著一頂跟牢房差不多的簡陋鐵床，而獄卒正把像大酒桶般的巨大身軀壓在床上睡覺。他的臉上還是戴著那個讓人聯想起鐵罐的金屬面具，這時面具鍍錫的表面正隨著重低音的鼾聲輕輕震動著。

雖然應該趁現在趕緊逃亡，但我忍不住就考慮起關於他的境遇。這個獄卒就這樣獨自一個人在這裡顧著這座幾乎很少人會被關進來的地下監獄……而且應該已經持續了幾年，甚至幾十年的時間了。因為這個世界裡，只要不是貴族的子弟，就得在十歲的時候從地區負責人那裡拜領「天命」，而且還不能自己選擇或者是中途變更領受的天命。

在這個太陽完全照不到的地下空間，按照稍微能聽見的鐘聲起床，然後巡邏空無一人的牢房，最後又按照鐘聲就寢。獄卒他應該就是這樣日復一日地進行著自己的工作。連我們發出了那麼大的噪音也沒有辦法吵醒他。

在休息室的牆壁上掛著各種大大小小不同的鑰匙。當中應該也有能解開我和尤吉歐右手上鐵環的鑰匙才對，但我實在不想為了這件事吵醒獄卒並且和他戰鬥，於是我便退後一步並且呢喃著：

「走吧……」

「嗯嗯……我們走吧。」

這時尤吉歐似乎也想到了什麼。我們就這樣悄悄離開窗邊，把腳踏上了圍繞在休息室牆邊的螺旋階梯，然後頭也不回地直往上爬。

2

下來時覺得相當漫長的螺旋階梯，在我們拚命往上爬之後不到幾分鐘就感覺快要到出口了。空氣中的霉味逐漸消失，潮濕的牆壁以及腳底下的石頭在不知不覺間都變成了光滑的大理石。

不久後前方就能看見些許光芒，等到它變成四角形出口的形狀後，我和尤吉歐早就忘記了警戒心直接跳上兩層階梯往前衝。一回到地面上，我們兩個人馬上就貪婪地吸取新鮮的空氣。

「……………呼……」

呼吸好不容易平靜下來後，我們便再次看了一下周圍的環境。天空雖然是黑濛濛一片，但靠著些微的星光，還是能在沒有照明的情況下看清楚四周圍。

支配人界的公理教會位於央都聖托利亞正中央的廣大正方形用地。昨天早上，被吊在飛龍腳上時重點式地環視了一下環境，發現正門位於東側（應該是因為索魯斯由該側升起的緣故），然後有一條寬廣的參拜道路由正門一路延續到教會本體。

而所謂的本體，當然就是白色巨塔「中央聖堂」了。從平面圖來看它也是正方形，聳立的白牆全磨得像鏡子般光滑，而且上部經常被雲遮住，從地面上根本看不見頂端。

我深信中央聖堂的最上部裡住著管理這個世界的某個人物，而且也存在與外部——也就是ＲＡＴＨ取得聯絡的系統控制台。只要能夠到達該處，我就能在主觀時間經過了兩年兩個月的情況下回到現實世界……

我一邊有了深深的感慨，一邊緩緩轉過身子面對剛逃出來的地下監牢出入口。

那個沒有房門的長方形空洞是有些突兀地直接出現在純白壁面上。我先把視線移到光滑的大理石牆，接著往右再往左，最後又看了一下上方，但無論哪一個方向都因為濃濃的夜霧而無法看見邊緣。

不對，就算沒有夜霧應該也看不見牆壁的最上方。因為近在一公尺前方的光滑大理石，就是最終目標中央聖堂的外牆。

可能是跟我有同樣的想法吧，只見尤吉歐也同時跟我往前走了幾步，然後抬起左手來輕輕摸著白色牆壁。我左右摸了一遍，感受著牆壁極度堅硬與冰冷的觸感。

「……雖然才剛從裡面逃出來而已……但我還是有點不敢相信。我們竟然摸著中央聖堂。這可是那座無論多偉大的貴族……不對，應該說就連四帝國的皇帝都只能隔著牆壁觀望的巨塔啊。」

「嗯，不過沒有按照原訂計畫成為整合騎士，而是逃獄犯的身分……」

面對我冷淡的反應，尤吉歐先是輕輕苦笑了一下，但馬上就一臉認真地說道：

「不過，照這樣看來，或許這樣才是正確的選擇。因為如果變成整合騎士的話，我們也會像愛麗絲那樣……」

「可能會被控制記憶嗎？的確是這樣……但是，如果所有整合騎士都是這樣的話，他們到底認為自己是誰呢……」

我剛這麼低聲說完，尤吉歐便把手從大理石上移開並且露出狐疑的表情。這時我也把放下來的左手擺在腰上，然後試著說明這個曖昧的問題：

「也就是說，騎士的記憶就算被封印住了……應該還是會有誰是父母和在哪裡出生等知識吧？因為這是每個人一開始的源頭啊。所以我才覺得要捏造這些知識相當困難。」

「對哦……騎士可以乘著飛龍到人界的任何地方。就算封印出生的記憶並且植入假記憶，要是他們實際到出生地探訪的話馬上就會發現自己被騙了……」

但尤吉歐忽然用力吸了一口氣，並且瞪大眼睛凝視著我，於是我只能眨眼睛回報以迷惑的表情。和整個人僵住的夥伴對望了幾秒鐘後，我才終於想到他出現這種反應的理由。

「原來如此……你想到或許能在這座塔裡找到恢復我記憶的方法嗎？」

「啊……沒、沒有啦，我……」

尤吉歐的臉整個扭曲，不久後更深深低下頭去，於是我便往前一步粗暴地弄亂了夥伴亞麻色的頭髮。

「你怎麼還是這麼愛杞人憂天啊。不管我的記憶有沒有恢復，我都會陪你到旅程結束的。」

結果尤吉歐抬起微紅的臉來，說了一句「別把我當小孩」的孩子氣發言。但卻沒有從我的手底下逃開，只是小聲地繼續說：

「…………我沒有懷疑這一點。因為桐人已經跟我說過好幾次了。但是……一想到我的旅程已經快到終點，總覺得……」

聽見他壓低的聲音後，連我的胸口都湧起一股感情，讓手還放在尤吉歐頭上的我只能趕快仰起頭來。

筆直聳立在身旁的中央聖堂，那種雄偉模樣的確相當符合它世界中心的稱號。就算沒有任何阻礙，要爬到這座塔的頂端也是相當不容易的一件事。但反過來說，這也就是最後的難關。不論裡頭有幾萬層階梯，當我和尤吉歐爬完它時，我們的旅程就結束了。這比原來的預定還快了一年以上的時間。

但這絕對不是永遠的別離。雖然我會先登出回到現實世界，但我一定會為了和尤吉歐、莉娜學姊、羅妮耶、緹潔以及其他許多人見面而回來。

「既然要結束，那就讓我們有個Happy……不對，讓我們有個幸福的結局吧。你就取回愛麗絲的記憶，然後和她一起回盧利特村吧。但是……如果這樣的話是不是又要再選一次天職？那還是從現在就開始考慮比較好唷，因為接下來就得做一輩子了。」

聽見我的玩笑後，尤吉歐才終於抬起頭來，露出了平常那種「真受不了你」的笑容。

「現在想這些實在太早了。不過呢，不管要做什麼，反正我是不想再砍樹了。」

「哈哈，說的也是。」

正當我把手從尤吉歐頭上拿開，並且用力拍了拍他的肩膀時，中央聖堂遙遠上方的宣告時刻之鐘發出了極為美麗且莊嚴的音色。從旋律可以聽出現在是凌晨四點。距離天亮還剩下一個小時──

「……是不是該展開行動了。」

「嗯。走吧。」

我們像是要確認彼此的決心般互相輕輕碰了碰左拳。不論是伸出拳頭的速度、時機以及握拳的力道都完全一樣。這時兩個人已經知道不再需要任何的言語，於是便同時再次確認周圍的環境。

我們只知道自己目前位於中央聖堂後方（也就是西面）。當然，東側已經被大理石外牆擋住了。

由於現在的目的是入侵中央聖堂，所以如果附近有通往一樓的入口就太好了，但這個西面只有在相當高的地方有一扇窗戶，而且牆壁又相當光滑，根本不可能爬得上去。唯一的開口就是我們剛才爬上來的樓梯，雖然無法斷言地下監牢裡絕對沒有其他通道，但我已經跟史提西亞神發過誓再也不進到裡面去了。

這樣的話，當然就只有延著外牆往南或者是北邊移動。但是兩個方向的前方五公尺處都有一座與牆壁呈直角相交的金屬柵欄。雖然是努力一下就能爬過的高度，但還是有一個問題。那就是我們昨天已經確認過，柵欄後面還有許多同樣的柵欄存在。

上面爬滿許多蔓藤植物的青銅製柵欄，從光亮度來看就覺得比地下監牢的鐵欄杆還要堅固。中央聖堂的西側空間裡就佈滿了這樣的障礙。也就是說，這裡除了是植物園之外也是迷宮。我想這應該是當囚犯從地下監牢逃獄時，能夠讓他們難以從地面上逃走的防禦措施。

東、南、北面分別被牆壁與柵欄擋住了，但西側還有一道大門。門後方有短短的直線通道，直接通往迷宮內一個小小的廣場。那就是昨天早上吊著我們的飛龍降落的地點。

在著陸之前，我原本想要記住逃走時的路線，但迷宮構造實在太過複雜，短時間內根本不可能記住。不過現在似乎也沒有別的選擇了。

「……只能突破那個迷宮，然後到聖堂的北邊或南邊去了。」

我一說完，尤吉歐便點了點頭。

「我相信桐人的第六感。」

「交給我吧，我從以前就很擅長闖迷宮。」

一不小心就說出這樣的台詞，讓夥伴露出了不可思議的表情，於是我只能在他追問前搶先一步往前走去。

走了短短幾步的距離來到西側的大門後，我們首先確認了一下金屬柵欄的優先度。結果表示在窗子上的優先度是35，看來它果然不是一般的青銅。或許用纏在右手上的鐵鍊用力敲幾下就能將它破壞，但應該會比爬上去還花時間才對，而且這麼做還可能會引來大量的衛兵（或者是整合騎士）。

於是我們便按照原來的計畫，為了乖乖突破迷宮而往前走去。但在這個時候，尤吉歐忽然從喉嚨裡發出某種哽塞的聲音。

「怎、怎麼了？柵欄有什麼問題嗎？」

「不、不是柵欄……這、這個葉子……」

瞪大眼睛的尤吉歐，一邊指著青銅柵欄上一大群藤蔓植物的葉子一邊這麼低聲說道。但在我看來，那些葉子並沒有什麼特別。

「雖然是第一次看見，但不會錯的。桐人……這就是『薔薇』啊。」

「薔薇……是哦……咦，真的嗎？長在這座迷宮裡的全部都是？」

一開始雖然沒什麼反應，但在這個地底世界裡，薔薇不只是一般漂亮的花朵而已。銀蓮花、金盞花、大麗菊、洋蘭這「四大聖花」能夠結出蓄有高純度神聖力的果實，而薔薇則是比它們還更高等、更貴重的「神明之花」。別說是平民了，就連貴族、皇族都不能栽培這種花朵，聽說要是在山裡發現極為稀有的野生薔薇，就能在聖托利亞的市場賣得驚人天價。

如此稀有的植物，光是在這座迷宮裡就有幾千，不對，好幾萬株了……一想到這裡，我就有股衝動想盡量多拔幾株然後把它們帶走，但可惜的是這個世界沒有道具欄這種方便的東西。

相對於產生現實面心理糾葛的我，尤吉歐的反應倒是相當冷靜。他用指尖撥開邊緣呈鋸齒狀的葉子，一邊凝視著後方一邊這麼說道：

「好像還沒有開花，不過已經有花蕾了。有這麼多的量，應該能放出相當充足的空間神聖力才對。」

聽他這麼一說，我才注意到迷宮裡的空氣相當清新，好像每次呼吸都能夠淨化自己的心靈一樣。我貪小便宜地深深吸了口氣之後，尤吉歐才又急著說道：

「我不是這個意思啦，只是想到現在說不定可以使用相當高級的神聖術。」

「……是沒錯，但我們現在又沒受傷……」

「但我們失去了重要的東西啊。就是我和桐人的……」

「啊、啊啊，對哦……我們的劍！」

我這時才終於了解尤吉歐想說些什麼，於是馬上輕輕彈了一下手指。

纏在右腕上等級38的鐵鍊雖然已經是頗為強力的武器，但尤吉歐沒有學過用鞭子的方法，所以如果能早點回收「藍薔薇之劍」與「黑色傢伙」也會比較安心。應該說，回收我們的劍才是目前最優先的事項。

雖然兩口劍都不知道被整合騎士愛麗絲拿到什麼地方去了，但只要能使用神聖術，應該就能找出它們在什麼地方。我舉起右手，用力吸了口氣：

「System call！」

我壓低聲音說出這對尤吉歐來說是神聖術的起句，但對我來說則是啟動系動權限的指令。右手的五根手指馬上被淡紫色光芒包圍，也就是告知我啟動的操作權已經進入待機狀態。我伸直食指，緩緩握起其他四指，接著說出下一道指令：

「Generate ambra element……」

一邊想著黑色暗沉的寶石一邊這麼詠唱，豎起來的指尖前端馬上出現一顆漆黑且帶著藍紫色燐光的極小球體。這是存在於這個世界的八種「素因」其中之一的「暗素」。雖然是難易度偏高的術式，但無聊的神聖術課程以及考試終於在這個時候派上用場了。

暗素和昨天早上阿滋利卡舍監為了治療尤吉歐眼睛而生成的「光素」完全相反，本身帶有負屬性。要是這麼解放的話，周圍的空間會完全被它刪除，可以說是相當危險的素因，但它的吸著性也有其他的使用方式。

「Adhere possession。Object ID WLSS102382。Discharge。」

詠唱完術式之後，浮游在指尖的暗素就像被什麼吸走般開始移動。它搖搖晃晃地往東飄上去，在快要碰到聖堂牆壁前就因為能源用盡而消失了。不過幾秒鐘內空中還是殘留著藍紫色的軌跡。

我迅速移動視線，看向暗素畫出來的線條上方。做出同樣動作的尤吉歐以覺得有些可惜的聲音說：

「劍果然在中央聖堂裡面。原本想碰碰運氣，看會不會收在外面的置物小屋或其他建築物裡面……」

「雖然在裡面，但好像不是在太高的樓層。可能是二樓……不對，大概三樓左右吧。沒被放到高樓層就算很幸運了。」

「說的也是……那第一個目標就是從正門之外的某處潛入中央聖堂，然後到三樓去把我們的劍奪回來吧。」

聽見尤吉歐隨口說出「潛入」與「奪回」這種學生時期都只有我在使用的用詞後，我的內心便悄悄煩惱著不知道該不該覺得他變可靠了，但這時也只能點了點頭。

就算知道劍在什麼地方，沒有突破薔薇迷宮依然是於事無補。雖然想著如果有能指引我們到出口的術式就好了，但很可惜的，這個世界沒有那麼方便的指令——應該啦。

再次邁步向前的我和尤吉歐穿過青銅大門後，首先朝著正面的廣場前進。如果纏在左右柵欄上的薔薇都開花，而且天也亮了的話，一定會是一幅相當美麗的景色才對，但現在這種黑暗是我們唯一的有利條件。於是我們便在星光的照耀下壓低腳步聲小跑步前進。

不久後，下一座大門就出現了。它的後面就是飛龍著陸的廣場。雖然記得曾經看到過板凳與小小的噴水池，但不知道有沒有薔薇園全體的地圖。不對，既然是廣場就一定會有的，拜託一定要有啊。

一邊在心裡這麼祈求著，一邊要通過比第一座略小的大門時，瀏海底部又出現熟悉的輕微刺痛感。同一時間，尤吉歐也從後面拉了拉我的上衣。

「怎、怎麼啦？」

「有人……」

「什麼……」

我馬上擺出警戒姿勢，定眼看向前方。

廣場是往東西向延伸的長方形，我們目前是在東邊的大門。中央有一座設置著提拉利亞神石像的噴水池，其周邊均等排列著四張跟柵欄同樣材質的青銅製板凳。

而正如尤吉歐所說的，我們的右邊——也就是北側的板凳上果然有某個人坐在上面。

臉龐雖然被波浪狀長髮擋住而看不清楚，但可以看見對方纖細的身軀包裹在白銀鎧甲之下，左腰上還有一把略有弧度的長劍。另外還有深色披風由兩邊肩膀上垂下來。從這個角度就已經能清楚看見披風上的十字型紋章刺繡了。

尤吉歐跟著我猛吸了一口氣，然後擠出聲音呢喃著：

「整……整合騎士……！」

沒錯。從體格、髮型還有裝備的顏色就能知道那個人不是愛麗絲，但很容易就能猜測出對方的實力應該跟她差不多。在沒劍的情況下……不對，即使在有劍的情況下，那也不是能輕鬆獲勝的對手。

我一瞬間猶豫著是要馬上由北邊或南邊的大門逃進迷宮裡，還是直接轉身回頭比較好。但在我有所行動之前，廣場上就傳來一道爽朗的男性聲音：

「別呆呆站在那裡，快點進來吧，囚犯們。」

從他輕輕抬起的右手上可以看見一個發光物體，結果原來是紅酒杯。仔細一看之下，就能發現板凳上還放著一瓶酒。

從騎士的口氣以及動作感覺到挑釁氣息的我，終於按耐不住壞習慣而放棄逃走，直接開口回答：

「哦～你是要請我們喝酒嗎？」

整合騎士沒有馬上回答，只是緩緩把臉轉向這邊，然後再次微微舉起紅酒杯。

「很可惜，這不是你們這種小孩子……而且還是罪人能嘗得起的玉釀。這可是西帝國產的一百五十年紅酒。不過倒是能讓你們聞聞香味。」

他一邊轉著酒杯一邊露出微笑的臉孔，是即使在微弱星光下也能讓人驚嘆不已的俊俏面容。那又高又挺的鼻子，以及略帶野性的眉毛形成絕妙的平衡感，另外細長的雙眸也綻放出清澈的光芒。

當我和尤吉歐終於被他的氣勢壓得沉默了下來時，騎士便放下翹起來的腳，晃動著鎧甲站起了身子。身材相當高大的他——幾乎高了我們一個頭左右吧。深紫色的披風以及同色系的頭髮同時隨著夜風飄動。

一口氣將紅酒喝光的騎士接著又說出令人意想不到的話來：

「吾師愛麗絲大人實在是慧眼獨具。竟然能預測出囚犯將會逃獄這種極為少見的狀況。」

「愛……愛麗絲大人？吾師……？」

我只能呆呆地重複了一遍他所說的話。

整合騎士悠然點了點頭，接著又以驕傲的態度說著：

「雖然師父要我在這裡待一晚以防你們逃獄，但老實說我本來也不認為會有這種事情發生。原本打算要一邊賞薔薇一邊品酒度過這個夜晚，想不到你們真的出現了。你們纏在手腕上的是在南帝國火山鍛鍊的靈鐵鎖鏈。雖然不知道是怎麼被切斷的，不過已經可以確認你們兩個是大逆不道之徒了。」

騎士邊笑邊把杯子放到板凳上。他以空下來的右手撩起長髮，然後用稍微嚴厲了一些的口氣表示：

「當然你們馬上就會回到地下監牢裡去。不過在那之前，必須給你們一點嚴厲的處罰才行。我想你們也早有覺悟了吧？」

明明還帶著淺淺的微笑，但瘦高的身軀上已經纏著壓倒性的鬥氣，讓我拚命壓抑住想往後退的心情。我將力量注入丹田，盡量用聽起來比較正常的聲音回答：

「那麼，想必你也不認為我們會乖乖接受處罰吧。」

「哈哈哈，很有自信嘛。我聽說你們只是連學院都還沒畢業的嫩小子，不過倒是很有勇氣。就算是虛張聲勢，我還是願意對你表達敬意，在把你們的天命減少到1之前，我就先報上姓名吧。我是整合騎士——艾爾多利耶·辛賽西斯·薩提汪。雖然是一個月前才被『召喚』，目前還沒有統領地的菜鳥，這點也只能請你們多多見諒了。」

聽完騎士說完一長串發言，站在身後的尤吉歐便輕輕呼出一口氣，但這時我根本沒注意到夥伴的反應。因為對方用令人有些嫉妒的美聲所說出來的話裡，其實包含了好幾個重要情報。

首先，從剛才的發言就可以知道整合騎士的名字是有法則性的。把整合騎士愛麗絲的全名愛麗絲·辛賽西斯·薩提加進來一起做參考後，能夠得知一開始的「愛麗絲」或「艾爾多利耶」是個人名。接下來的「辛賽西斯」是共通名。而最後的名稱不是名字而是編號。由於是英文所以尤吉歐應該聽不懂，但愛麗絲應該是第三十名整合騎士。而這個艾爾多利耶則是第三十一名——

而且他還說自己是「一個月前才被召喚」。雖然召喚這個詞的意義仍然不明，但如果艾爾多利耶是最新被任命為騎士的人，那麼整合騎士的總數就僅僅只有三十一個人而已。而且應該有不少騎士為了守護人界各地而離開了中央聖堂，所以留在塔內的騎士最多也只有十幾個吧。

但是不先擊敗眼前這個新人騎士的話，我的如意算盤好像就有點打得太早了。

我向站在左斜後方的尤吉歐低聲呢喃著：

「要開打囉。等一下我先來對付他，尤吉歐你在旁邊等我的指示。」

「嗯、嗯。但是……桐人，我……」

「不是說過了，沒有時間讓你猶豫了。不贏過那傢伙，根本進不了中央聖堂啊。」

「不是啦，我不是在猶豫，只是那傢伙的名字……算了，之後再說吧。我知道了，不過你別太逞強啊，桐人。」

雖然對尤吉歐這種不知道是不是已經了解作戰的反應感到有些不安，但已經沒有多餘的時間討論下去了。按照慣例，頭上的那個守護靈似乎又在嘆氣了，但確認過敵人的實力後再逃走應該還不遲吧。

往前走了兩步穿越廣場的大門後，我解開纏在右手上的鐵鍊並輕輕地握住。一看見我的模樣，騎士就像是感到很有趣般微微揚起眉毛：

「原來如此，本以為連把劍都沒有還能搞出什麼名堂，看來是要用那條鐵鍊當武器啊。這樣的話，應該還是能讓我活動一下筋骨吧。」

他的聲音、表情全都充滿了自信。內心咒罵了一聲「馬上讓你冷汗直流」後，我便開始慢慢縮短彼此間的距離。

我的鐵鍊雖然有無法發動祕奧義——劍技的缺點在，但攻擊範圍遠超過於長劍。只要不斷移動，以打帶跑戰術不斷給予對方傷害，應該還是有機會獲勝。

但我的企圖在下一個瞬間就被完全粉碎了。騎士艾爾多利耶的右手不伸向左腰的劍而是在被披風蓋住的背後活動著。他隨即又繼續這麼說道：

「既然這樣的話，那我也不用劍，改用這個吧。」

他迅速抽出來的右手上握著似乎是收在劍帶後方的第二種武器——一條帶著純銀光輝的細長鞭子。

這時我只能感到一陣愕然，接著視線前方從艾爾多利耶右手上被放下來的鞭子就像蛇一樣盤踞在地板上。由銀線所編成的鞭子和我手上這條簡陋的鐵鍊完全不同，看起來就相當地美麗。但仔細一看後就能發現，鞭子就跟薔薇花莖一樣長著螺旋狀尖刺。在星光照耀下馬上反射出恐怖的光芒。要是被那種東西打中，可不是皮膚裂開就能了事的。

而且對方鞭子的全長至少也有四公尺左右。但我的鐵鍊只有一・二公尺，所以攻擊範圍差了三倍以上。這樣的話就沒辦法施展打帶跑戰術了。

流著冷汗的我一停下腳步，艾爾多利耶就像看透我的心思般猛烈揮動右手。他手上的鞭子立刻就像生物一樣蠕動並且擊中地面。

「那麼……為了向你們違背了公理教會與禁忌目錄，最後甚至還敢逃獄的覺悟表達敬意，就讓我一開始就盡全力來對付你們吧。」

我還來不及反應，艾爾多利耶便對著右手上的鞭子舉起左手，以凜然的聲音大聲叫道：

「System call！」

他接下來詠唱的複雜術式，我幾乎沒有一個字聽得清楚。

地底世界的神聖術與令人懷念的「ALfheim Online」裡的魔法一樣，能夠進行高速詠唱——也就是以極快的速度念出指令。但是詠唱的速度越快，發生錯誤的機率也越高。

我所認識的人裡面，高速詠唱術第二厲害的人是索爾緹莉娜學姊，而最厲害的人則是阿滋利卡老師。但是艾爾多利耶的詠唱竟然比老師還要快。大概只花了七、八秒就把多達三十個單字左右的一大串指令念完，最後再用完全不熟悉的一句話來做結尾。

「——Enhance armament！」

enhance是……強化？而armament則是，嗯……

但已經沒有時間讓我翻閱腦袋裡頭的英日辭典了。因為艾爾多利耶的右手隨便一揮，鞭子就已經朝著我落下來了。

我們之間大概隔了十五公尺的距離。就算那傢伙的鞭子再長，應該也打不到我。但是……艾爾多利耶的鞭子在空中閃過銀色軌跡，就像原本便由具伸縮性的素材所製成般變長了好幾倍。我雖然感到驚訝，還是反射性地用雙手握住鐵鍊並且將其高舉到頭上。下一個瞬間，強烈的衝擊就朝我襲來，接著就是大量藍白色的火花降下。

「嗚……！」

繼續這樣站著承受攻擊，鐵鍊將會被對方切斷。湧起這種感覺的我馬上彎下膝蓋，把身體轉往右邊來把鞭子甩開。「鏘！」一聲劇烈的摩擦聲過後，鞭子便離開鐵鍊敲到了石頭地板上，在留下一道深深的痕跡之後才回到騎士手邊。

感覺全身再度爆出冷汗的我，低頭看著鎖鏈並且發出低沉的呻吟：

「咿……」

等級38的物體，還是由什麼靈鐵所製成的鐵鍊已經有一部分被削掉。看來再多撐一會的話，擋住攻擊的鐵環應該應該就會被切斷了。

這時整合騎士稍微收起笑容，對著全身僵硬的我說：

「哦……原本打算削掉你一隻耳朵，想不到第一次就能擋下我神器『霜鱗鞭』的攻擊。看來我該跟你道歉，不應該因為還是學生就看輕你。」

聽見他依然充滿自信的言語後即使想反擊，也因為嘴巴僵住了而說不出話來。

果然是強敵。而且還是超級強敵。無意之間看輕對方的人其實是我。

到了這個時候，我才終於理解自己到目前為止從未遇到過像整合騎士艾爾多利耶·辛賽西斯·薩提汪這種類型的敵人。

假想世界Underworld只不過是ＲＡＴＨ的實驗場，嚴格來說這場戰鬥對我——不是劍士桐人，而是高中生桐谷和人的生命根本無關。就算我的頭被艾爾多利耶的鞭子打飛而天命歸零，我真正的肉體也不會受到任何傷害才對。

因此在令人感到害怕的程度上，這場戰鬥根本就比不上ＳＡＯ那款死亡遊戲。在艾恩葛朗特裡與巨大樓層魔王，或者抓狂的紅色玩家對峙時那種恐怖，以及像在無底洞上方走鋼索的感覺，我應該都沒有機會再體驗到了，老實說我也完全不想再有那樣的經驗。

但就算是死亡遊戲，那個世界裡包含我在內的大多數人都是跟真實劍術無緣的網路遊戲玩家。我們這些人就只是靠著系統給予的數值以及動作輔助，還有一、兩年裡鍛鍊出來的些許反應速度在進行著死亡遊戲。

但艾爾多利耶就不一樣了。他在這個世界的十幾年裡已經累積無數修練劍術與神聖術的經驗，並且藉此不斷提升自己的極限。不論是肉體或者是精神上，他都是一個真正的戰士。和ＳＡＯ的玩家還有系統所操縱的怪物不同，完完全全就是出現在奇幻文學裡的「魔法騎士」本人。

艾爾多利耶不但擁有遠勝於盡頭山脈地底下那些哥布林的洗鍊劍法與神聖術，甚至還具備了超越首席上級修劍士萊歐斯・安提諾斯與溫羅・利邦提的意志力。以現狀來說，他在所有方面都凌駕於我。要是只憑手上這條鐵鍊和他戰鬥下去，我百分之百會敗在他手上。

我唯一能夠突破這個困境的可能性就是……

——你不是一個人。

感覺似乎有人幫忙說出了我的想法，結果我就像被引導般對背後的夥伴低聲呢喃著：

「尤吉歐。能讓我們獲勝的唯一機會就是我們有兩個人。接下來我會想辦法纏住那傢伙的鞭子，到時候你就發動攻擊。」

但我一直沒聽見夥伴的回答。感覺疑惑的我回過頭看去，馬上發現尤吉歐臉上的表情不是恐懼而是感嘆。雖然過了一陣子後終於開始說話，但說出來的卻全是稱讚對方的內容。

「桐人……你看見剛才的術式了嗎？太厲害了……雖然我只有在圖書館的古書裡面看過，但不會錯的。那是『武裝完全支配術』……那是利用術式介入武器的本質，然後藉由攻擊力來展現神蹟的超高等神聖術喲。真不愧是整合騎士！」

「現在不是佩服對方的時候了。那樣能增加攻擊範圍的話……我們就不能也在鐵鍊上使用什麼完全支配的術嗎？」

「怎麼可能！那是教會指定的最高級祕術啊。而且好像只能對神器級的武器施術唷。」

「那就快點忘記這回事。想辦法用手邊的武器反擊。聽好了，我一制住他的鞭子，你就發動攻擊。就算用不慣鞭子，應該也能朝對方筆直地揮下去吧。」

為了鼓勵好不容易恢復嚴肅表情的尤吉歐，我又這麼跟他確認了一次。

「做好覺悟吧！我們要打敗教會最高戰力——整合騎士。」

「……我知道。我說過不會再猶豫了。」

尤吉歐點了點頭，接著用左手握住纏在右手上的鐵鍊前端，靜靜地將它解開。

我們兩個同時將視線移過去後，臉上依然帶著輕鬆笑容的整合騎士馬上輕輕揮了一下銀鞭。

「兩位囚犯小弟終於討論完了嗎？來吧，那就稍微讓我享受一下。」

「……整合騎士大人，這麼輕敵真的沒關係嗎？」

「當然，對反抗公理教會者施加嚴格的神罰……這就是最高司祭猊下的意思。但身為一個有尊嚴的騎士，我實在不願意鞭打毫無抵抗之力的弱者。所以我很期待你們至少可以發揮出在我鎧甲上弄出一點擦傷的實力。」

「……別說是鎧甲了，我們會讓你的天命減半，然後再也笑不出來。」

強行押下內心不斷湧起的焦躁感後，我便開始說起大話來。雖然艾爾多利耶所說的「最高司祭」這個名詞也很讓人在意，但現在已經不是能想東想西的狀況了。我揮了一下右手的鐵鍊，接著迅速對艾爾多利耶伸出左手：

「System call！Generate thermal element！」

一邊想著鮮豔的紅寶石一邊叫出指令，結果大拇指、食指、中指前端就各自出現一個紅色光點。這是發動火焰系攻擊術時的起點「熱素」。當我要展開接下來的術式時，十五公尺前方的艾爾多利耶也悠然舉起左手：

「System call。Generate cryogenic element。」

他五根手指上都產生了與火焰系神聖術對抗的藍色「凍素」。雖然這個時候素因的數量已經不及對方，但我還是無視這一點繼續喊出術式：

「Form element arrow shape！」

隨著詠唱將左手往後拉，光點也馬上被拉成細長狀，最後形成三枝火焰箭。這是重視飛翔速度與貫穿力的形態。為了不給敵人反應的時間，我以最快的速度唱出最後的術式：

「Fly straight！Discharge！」

三枝火焰箭隨即捲起火焰漩渦朝著艾爾多利耶飛去。

在這個以劍法為主流的世界裡，之所以會存在攻擊型神聖術，完全是為了要與暗之國軍隊作戰的緣故——學院裡的老教師曾經這麼說過。要是知道自己教授的魔法被拿來對付整合騎士，他一定會嚇得昏倒吧，我一邊在腦袋的角落這麼想著，一邊隨著火焰箭衝了出去。

火焰箭前方，艾爾多利耶一口氣詠唱完對抗的術式：

「Form element bird shape。Counter thermal object discharge！」

五個藍色光點變化成小鳥——適合追蹤的形狀——後，便一起飛了起來。雖然我所放出去的箭速度較快，但冰鳥的數量較多。即使穿過兩隻小鳥，剩下來的三隻還是依序迎擊了火焰箭，爆炸的火焰和冰晶同時出現並且互相抵消與消失。爆炸的衝擊將板凳上的紅酒杯吹得飛了出去，掉在石頭地板上碎了一地。

在猛烈光線效果的掩護之下，我一口氣接近到艾爾多利耶身邊。再兩步……一步就能夠進入我鐵鍊的攻擊範圍——

但騎士的右手忽然動了起來，而地面上的銀鞭就像蛇一般往上彈起。在這個距離之下，就算是那個什麼武裝完全支配所加強的攻擊範圍也影響不了我。我拚命看出從右邊劃著弧線往我身上招呼的銀鞭軌跡，一邊彎起身子躲開攻擊一邊準備踏出最後一步。但是——

「——嗚！」

看見那一幕的瞬間，我只能驚訝地屏著呼吸。艾爾多利耶的鞭子在空中變成兩條，新出現的銀蛇正從更銳利的角度朝我襲來。

我原本想在不到幾公分的距離當中躲開鞭子，現在根本無法反應這次的攻擊，最後只能被鞭子猛烈地擊中胸口。整個人跌到地面上後，隨即從嘴裡發出沙啞的叫聲：

「咕啊……！」

雖然早已做好心理準備，但被長著無數尖刺的金屬鞭擊中後，我已經痛得眼睛泛淚。咬緊牙關一看之下，黑色制服的胸口部分已經連內衣都裂開，露出來的肌膚上也出現一條鮮紅的傷痕。不久後就浮現幾滴血珠，在劃出平行線後往下滴落。

艾爾多利耶低頭看著狼狽跌坐在地上的我，爽朗地笑著說：

「哈哈哈，這種小動作對霜鱗鞭是沒用的。在完全支配狀態之下，除了攻擊範圍可以擴大到五十梅爾之外，最多還能分裂出七條鞭子。如果是八個人同時飛撲過來的話可能還有機會吧。」

我根本沒時間對他這種充滿自信的發言感到火大。自從兩年前被哥布林隊長砍中肩膀之後，就沒有嘗過這樣的痛楚了。

雖然經常告訴自己對疼痛的忍耐力相當低算是我的一大弱點，但在原則上都採取點到為止規則的修劍學院當中，幾乎沒有什麼習慣疼痛感的機會出現。剛才明明宣稱拚了命也要把鞭子壓制住，但現在卻這麼狼狽，老實說真的太丟臉了。

「唔姆，是不是太高估你了呢？這樣的話，我還是仁慈一點盡快讓你失去意識吧。」

如此宣告的艾爾多利耶隨即響著白銀鎧甲往前踏出一步。

這個時候，不知道什麼時候已經來到附近的尤吉歐帶著奮力一搏的表情從噴水池的陰影處跳出來。

「嘿啊啊啊！」

難得發出大叫的他用力揮下右手的鐵鍊。對首次使用這種武器的他來說，這已經是相當精彩且出乎人意料之外的一擊——但還是沒辦法突破騎士的防守。

艾爾多利耶的右手以閃電般的速度一動，純銀的鞭子便再度於空中分裂成兩條。其中一條直接彈開鎖鏈，另一條則攻向尤吉歐。結果尤吉歐也跟我一樣胸口受到猛烈的一擊，根本連發出悲鳴的時間都沒有就掉進噴水池裡濺出大量的水花。

雖然讓我焦躁的激烈疼痛完全沒有消退的跡象，但我絕對不能浪費尤吉歐拚命製造出來的機會。感覺艾爾多利耶的意識有一半以上已經離開我身上的瞬間，我立刻撐起身體，把幾秒鐘前已經握在右手上的東西朝著騎士的臉孔丟去。

與艾恩葛朗特以及阿爾普海姆不同，這個世界裡幾乎所有物體在被破壞後都不會馬上消滅。留下來的碎片或者斷片都會變成屍骸而被賦予新的天命。

只不過它的天命，也就是耐久度將以被破壞前還要快上許多的速度消逝，在歸零的瞬間才會真正地完全消失。但就算是這樣，在消失之前至少也還存在著幾分鐘的時間。

就算只是破掉的紅酒杯所留下來的小小碎片，也依然適用這個法則。

我所丟出去的碎片直接穿越黎明前的黑暗，朝著艾爾多利耶的左眼飛去。而且我在丟出去前已經先抹上胸口流出來的血液，所以在星光下應該不會有任何的反射才對。

碎片從進入視線到命中為止，應該花不到零點一秒的時間吧。但騎士還是用恐怖的反應速度將臉別向右邊來避免眼球直接受到攻擊。擦過左邊顴骨附近的碎片在留下淺淺的傷痕後便消失在黑暗當中。

「嗚哦！」

在艾爾多利耶重新面向我之前，蹲在地上的我就直接衝了出去。

在地面上踢了兩下後，他已經進入我右手鐵鍊的攻擊範圍。而我則用扛在左肩般的動作全力揮下鐵鍊。這時艾爾多利耶已經由一瞬間的動搖當中回復過來，只見他剛拉回右手，攻擊完尤吉歐而依然騰空的鞭子就改為朝我飛來。

就算這樣筆直地揮下鐵鍊，最多也只能造成兩敗俱傷，一個搞不好的話還可能因為無法突破分裂的鞭子而只有我再次受到痛擊。但我依然甩開心頭的恐懼感，撐大了眼睛把視線從閃耀的鞭子尖端移動到艾爾多利耶背後——尤吉歐掉進去的噴水池上。

在修劍學院所教授的各種流派當中，攻擊時把視線從敵人身上移開這種行為都是絕對的禁忌。沒錯，它是某種「禁忌」。所以這個世界的劍士絕對不會做出這種行為。當然就連整合騎士也不例外。

「姆……！」

因此艾爾多利耶除了發出低吟之外，還一瞬間把意識從我身上移開了去。這是因為他產生了被打進噴水池的尤吉歐馬上站起來展開反擊的錯覺。但這當然只是我用視線移動所演出的虛構複合攻擊。就算尤吉歐再怎麼耐打，受了神器一擊之後也不可能馬上站起來。

純銀的鞭子反應出艾爾多利耶的迷惑，在空中的軌道產生了些微偏差。結果鞭子沒有撞上我的鐵鍊，而是從上方幾公厘處穿了過去。之所以會從有些不順手的左斜上方往下攻擊，就是為了要讓鞭子和鐵鍊的軌道平行好提升對方迎擊的失敗率。這是木劍經常被莉娜學姊的鞭子纏住後所學會的攻略法。

但同樣的手段不可能再用第二次了。所以這算是真正的最後機會。

「嘿啊啊啊啊啊────！」

我乘著用盡全身精力的叫聲，將身體連同靈鐵鎖鏈一起往下壓去。

我所瞄準的是騎士全身唯一沒有在堅固白銀鎧甲保護之下的頭部。雖然不知道是為了喝紅酒還是因為看輕我們兩個學生，但我可沒善良到放過這個沒有戴頭盔的弱點。只要沉重的鐵鍊直接擊中未戴防具的頭部，就算是整合騎士應該也會暫時失去意識才對──

但是，這時候艾爾多利耶又再次展現超乎我意料之外的能力以及決心。

他閃電般伸出左手，不是用被護腕保護住的手背，而是用只戴著薄皮革手套的手掌來抵擋鐵鍊前端。

如果用手背來抵擋的話，鐵鍊將會以該處為支點而開始旋轉，雖然威力會稍微減弱但前端還是會擊中騎士的頭部。所以艾爾多利耶的選擇是正確的——但等級38的鐵鍊，其攻擊力不是薄薄的皮革手套所能承受。

「咕……！」

擋下鐵鍊的瞬間，騎士馬上發出壓低的呻吟。我的耳朵則清楚地聽見他左手手骨碎裂了好幾根的聲音。這下他將有一陣子不能使用左手，而且也不可能把右手上那條叫什麼「霜鱗鞭」的神器丟到地上。

這時我應該直接衝過去進行格鬥戰。因為我已經從莉娜學姊那裡學習到賽魯魯特流的「體術」。雖然不是打擊而幾乎都是絞住對方的柔術，但這對重裝甲的對手反而更有效果。

「還沒結束呢！」

大叫一聲後，我便為了用空下來的左手抓住艾爾多利耶受傷的左腕而往前踏出一步。

「這算不了什麼！」

但是最新的第三十一名整合騎士又做出超乎我預測的舉動。

他用應該已經骨折的左手用力抓住鐵鍊並且用力拉扯。由於鐵鍊底部與我右手上的鐵環熔接在一起，所以我的身體便被迫往反方向旋轉，一瞬間就讓我失去了平衡。雖然拚命想要站穩，但這時候艾爾多利耶又再次發出了巨大的叫聲──

「姆嗚嗚！」

我整個身子都被他拖著甩。要是直接這樣被丟出去的話，又會回到鐵鍊攻擊範圍之外而成為鞭子攻擊的對象。而且應該再也無法接近他了。

我反射性改變左手瞄準的方向，放棄艾爾多利耶的左腕，改而抓住他右手上的鞭子。雖然「霜鱗鞭」上長著無數尖刺，但由握把往下一．五公尺處都還沒有尖刺。這應該是用來纏在手腕上，好讓鞭子不會隨便脫手的部分。

這樣只要艾爾多利耶不同時放開右手的鞭子與左手的鐵鍊，就沒辦法和我保持距離。而且要是只放開左手的鐵鍊，就會遭受我一陣痛打。這時對方應該也已經注意到這一點，只見他的左手又更加用力地握住了鐵鍊。

我和艾爾多利耶就被銀鞭與鐵鍊固定在一公尺多的近距離當中。

雖然他握住鐵鍊的左手應該相當疼痛，但是表情完全看不出來，騎士依然用悠閒的口氣低聲說道：

「……看來我得收回太高估你了這句話。想不到竟然能讓我受到這樣的傷害。」

「謝謝你哦……」

雖然很想再繼續回嘴，但又不想把話題帶到雙方的傷勢上。因為從艾爾多利耶的左手骨折與我胸部的裂傷來看，不停流血的我天命消失的速度明顯比他還要快。要是他注意到這一點，就會繼續這樣的拔河狀態，直接等到我氣力放盡為止吧。

不對……或許他已經注意到了。依然帶著淺笑的騎士再度動口說道：

「話說回來，我好像曾在什麼地方看過你的技巧還有戰鬥方式呢……」

「哦……但這也沒什麼好奇怪的吧。你之前應該曾經和我同樣是賽魯魯特流的劍士戰鬥過吧？」

「哼，這是不可能的，囚犯小弟。我不是說過，我是一個月前才剛被召喚到人界來的整合騎士。」

「……你說的召喚究竟是……」

忍不住和他對話起來之後，我才終於注意到那個聲音。正確來說，是某個剛才為止一直聽見的音調有了些微變化。

艾爾多利耶背後的噴水池中央豎立著大地之神提拉利亞的石像。由石像抱著的瓶子當中流出一道小瀑布，水流落到池子裡時一直都是發出清脆的水聲，但現在聽起來卻有些模糊。這應該是——夥伴給我的訊號。

艾爾多利耶一定馬上就會注意到了。所以就算繼續對話也得立刻展開行動。

「……就像是被某個人叫到這個人界來那樣吧。」

為了不讓他聽見，我只能做出接下來的行動。不過當然沒辦法放開左手纏住的「霜鱗鞭」。所以我唯一能做的就是——

用力拉扯右手的鐵鍊！

對我突然間的行動有所反應，艾爾多利耶開始想把鐵鍊拉回去。發出「喀鏘！」一聲的鐵鍊立刻繃緊，下一個瞬間又從中間的地方斷成兩節。方才被鞭子弄出缺口的那個部位終於承受不了拉力而斷裂了。

「什……」

連艾爾多利耶也發出驚訝的聲音，就在他失去平衡的瞬間——

啪嚓一聲從背後噴水池衝出來的人當然就是尤吉歐。他從胸口遭受痛擊的疼痛當中恢復過來，一直在噴水池的小瀑布下方等待奇襲的機會。瀑布的聲音之所以會改變，就是因為他用背部來承受水流衝擊的緣故。

「哩啊啊啊！」

全身滴著水滴的尤吉歐用右手的鐵鍊朝艾爾多利耶毫無防備的頭顱揮下。

就在鐵鍊擊中目標的半秒鐘前，從騎士口中發出短短術式……不對，短短的指令。

「Release recollection。」

這次我就完全不知道是什麼意思了。但是它所引起的，是如此短的指令絕對不可能發生，可以說超越了神聖術的現象。

艾爾多利耶被我左手緊緊抓住而無法拉扯的純銀鞭子忽然發出炫目亮光。接著就像獲得生命般劇烈震動——並且以猛烈的速度開始變長。

變化成一條光蛇的「霜鱗鞭」劃出一條美麗弧形後飛到我與艾爾多利耶頭上，然後纏上了尤吉歐握在手裡的鐵鍊。不對，蛇已經不是比喻了。因為我確實看見了鞭子前端有紅寶石般的眼睛以及完全張開的下顎。

那條蛇咬上了鐵鍊的前端，然後直接把尤吉歐整個人拖到天空中，最後又把他丟在我附近的石頭地板上。從背後落下來的尤吉歐發出了「咕」一聲短短的呻吟。加上剛才胸口受到的傷害，現在他的天命應該比我少了許多，不過夥伴還是勇敢地想要撐起身子。

但是一道銳利的鋒芒已經搶先一步掃過他濕濡的亞麻色瀏海。

由失去平衡狀態當中恢復過來的艾爾多利耶用丟掉鐵鍊而重獲自由的左手靈巧地拔出左腰上的劍，然後將其對準尤吉歐。那把劍的劍身雖然細，但卻帶著銳利的厚重鋒芒，手骨明明已經碎裂的騎士光是要拿住劍應該就會感到猛烈的疼痛，但他也只不過稍微在眉間露出不高興的感情而已。

以自己的意志——在我看來就是這樣——守護了主人的銀蛇咻咻地縮短，最後再度變成無意識的鞭子回到我左手前方。看來由謎樣指令「Release recollection」所引起的奇蹟只能維持相當短暫的時間。

於是狀況便再度陷入膠著。

艾爾多利耶的鞭子被我左手封住。而我的鐵鍊已經斷了一半。此外尤吉歐則是被劍抵在面前而無法輕舉妄動。雖然說主導權似乎是掌握在成功拔出佩劍的艾爾多利耶手上，但他的手應該沒有力量放出斬擊了。

黎明到訪前，極為冷冽的薔薇園一角忽然籠罩在一片寂靜之下。

這次依然是由艾爾多利耶率先打破了沉寂：

「……難怪愛麗絲大人會對你們如此警戒。雖然是不按牌理出牌的攻擊……但就是這樣才能出乎我的意料之外。沒想到我竟然得使用『記憶解放』的奧義。」

「記憶……？」

小聲重複了一遍後，我才終於了解那句話，也就是剛才那充滿謎團的指令究竟是什麼意思。release是解放，而recollection則是代表記憶的單字。也就是說……那是解放武器記憶的術式囉？

武器的記憶。由於最近好像在哪裡聽過這個詞，於是我便開始搜尋起自己的記憶。但不知

道為什麼，尤吉歐已經搶先用感嘆的聲音與表情說出了令人意想不到的話來：

「你才真是叫人佩服呢……整合騎士大人。」

「現、現在是佩服對方的時候嗎？還有『你才真是』……是什麼意思？」

他那似乎從以前就認識這名騎士的發言讓我一邊吐槽一邊忍不住這麼問道：

「我從一開始就覺得在哪裡聽過這個名字。剛才終於想起來了。桐人，這個人呢——是今年的諾蘭卡魯斯北帝國第一代表劍士。同時也是四帝國統一大會的優勝者，艾爾多利耶．威魯茲布魯克啊！」

「什…………」

說完一句「你說什麼」後，我便再度凝視著一．五公尺前方整合騎士的臉龐。

北帝國第一代表。這也就表示，他是今年三月下旬舉辦的帝國劍武大會的優勝者。他就是那個在第一場比賽裡擊敗索爾緹莉娜學姊，然後又在第二場比賽當中勝過渦羅．利邦提的帝國騎士團代表。我聽說——那名代表在四月上旬舉行的四帝國統一大會裡也以壓倒性的實力獲勝，得到了今年人界最強劍士的榮譽，然後被招待進入中央聖堂。

仔細一想之下才發現我根本不知道那位豪傑的姓名。這個世界當然沒有網路、電視或是收音機等物品，每周發行一次的大字報新聞就是唯一的新聞媒體，雖然到了後來我就懶得到主校舍的公布欄前去觀看，但尤吉歐似乎每個禮拜都會注意上面的消息。

「你真的很認真耶……」

忍不住說出這樣的感想後，我才急忙切換思考的方向。如果正如尤吉歐所說，眼前的整合騎士艾爾多利耶．辛賽西斯．薩提汪就是統一大會的優勝者艾爾多利耶．威魯茲布魯克的話，那他的言行舉止就真的有點奇怪了。

幾分鐘前，艾爾多利耶才說過「一個月前，以整合騎士的身分被召喚到人界」。如果說是被任命為整合騎士的話還能理解……但是那種說法，簡直就像…………

「你說什麼…………」

忽然聽見一道沙啞的聲音，於是我便把視線從右側的夥伴移到正面的騎士身上。

艾爾多利耶——不知道為什麼像是受到很大的衝擊般，原本就相當白的肌膚變得更加蒼白，灰紫眼睛同時也瞪得老大。同樣失去血色的嘴唇開始顫抖，接著擠出這樣的話來：

「我是……北帝國、代表劍士……？艾爾多利耶……威魯茲布魯克……？」

他超乎想像的反應讓尤吉歐嚇得張大嘴巴，但還是馬上點頭並且接著說：

「沒……沒錯，正是如此。上個月的報紙上確實寫著優勝者是有一頭紫髮的俊美男性……而且還用極為流麗的劍術贏得了所有比賽……」

「不是……我……我是整合騎士艾爾多利耶．辛賽西斯．薩提汪！根本沒聽過……艾爾多利耶．威魯茲布魯克這個名字……！」

「但、但是……」

我在不知不覺中忘記了自己正在戰鬥。

「你也不可能一出生就是整合騎士了吧。會不會是在被任命為騎士前就叫這個名字……？」

「不知道！我不知道！」

弄亂頭髮大叫著的艾爾多利耶臉色愈來愈蒼白，只有眼睛發出異樣的光芒。

「我……我是受到最高司祭亞多米尼史特蕾達大人的召喚……以整合騎士的身分由天界來到這個地方……」

他說到這裡就停了下來——

接著便發生讓我與尤吉歐大吃一驚的現象。

艾爾多利耶光滑的額頭正中央，忽然迸出一道紫色的光芒。

「咕……嗚……」

發出呻吟的艾爾多利耶右手已經失去了力量，但我也忘記奪走騎士的鞭子，只是凝視著他的額頭。發出光芒的，是一個小小的倒三角形符號。不對，那不只是一個紋章而已。那個東西就這樣緩緩從騎士的額頭浮上來。像水晶般透明的三角柱就這樣一邊發出炫目光線，一邊一公分、兩公分地被逼出來。

三角柱內部有細微的光線不停到處亂竄。等到凸出的部分到達五公分左右時，鞭子與長劍終於從艾爾多利耶的雙手上掉了下來。

騎士空虛的雙眼已經不看向我們，直接往後退了一、兩步後，就像個斷了線的傀儡一樣跪到了石頭地板上。他額頭的水晶愈來愈是耀眼，甚至還發出「鈴、鈴」的不可思議聲響。

現在就是採取行動的最佳時機──心裡頭雖然這麼想，卻沒辦法馬上做出該怎麼辦的判斷。

要攻擊他當然十分簡單。只要從地面撿起騎士的劍，朝他毫無防備的脖子砍下去，別說讓他無法反抗了，就連要奪走他的性命也不成問題。

當然也有直接落荒而逃的選項。要是隨便加以刺激而不小心讓騎士的意識恢復過來，感覺他這次一定就會認真地攻擊我們了。那個時候就沒辦法再用偷襲的手段，可能要變成我們兩個人天命歸零了。

而風險最高的，就是直接站在這裡看清楚整件事情會有什麼樣的發展。

我們所目擊的現象，無疑與整合騎士……以及公理教會的核心祕密有關。愛麗絲為什麼會失去記憶而變成另一個人。艾爾多利耶口中所說的召喚究竟是什麼意思。只要站在這裡觀察這種現象直到最後，說不定就能夠解開這些謎團了。

反正尤吉歐也不會同意砍殺這名毫無抵抗能力的艾爾多利耶了。而且就算要逃走，那座薔薇迷宮也不是這麼簡單就能突破。

這樣就乾脆承擔風險繼續觀察下去吧。做出這個結論之後，我便慢慢靠近雙腳跪地的整合騎士，但就在這個時候……

從額頭凸出五公分左右的發光三角柱，在光芒一陣閃爍之後就又開始往額頭沉下去了。

「嗚……」

我忍不住緊咬自己的嘴唇。因為我認為只有三角柱完全掉出來時，才會發生某種決定性的事。

「艾爾多利耶！艾爾多利耶・威魯茲布魯克！」

這麼呼喚後，水晶一瞬間停了下來，但馬上就又開始下沉。看來光靠過去的名字是沒辦法完成整個現象了。一定還需要某些具決定性的「記憶」。

有了這種預感的我，直接壓低聲音對旁邊瞪大眼睛的夥伴大叫：

「尤吉歐，你還知道其他關於艾爾多利耶的事情嗎？什麼都好，快點繼續喚醒這傢伙的記憶啊！」

「嗯，這個嘛……」

雖然一瞬間皺起了眉頭，但尤吉歐馬上又點著頭說出：

「艾爾多利耶！你是帝國騎士團將軍艾修特魯・威魯茲布魯克的兒子！母親的名字……我

記得是……亞魯梅拉，沒錯，就是亞魯梅拉！」

「………」

這時露出茫然表情的騎士嘴唇忽然微微動了起來：

「亞……魯梅……拉………」

發出細微聲音的同時，三角柱便發出強光。但最讓我感到驚訝的，其實是從騎士瞪大的雙眼當中無聲落下的斗大淚水。接著就是再度傳出來的細微聲音：

「………媽……媽………」

「沒錯……快點全想起來吧！」

我一邊叫，一邊又準備往前踏出一步。

但最後卻沒能夠這麼做。沉重的衝擊隨著「咚！」一聲傳達到地面，我也整個人往前撲倒。

等到往下看見右腳腳背上被一枝箭整個貫穿之後，我才有幾乎快讓人昏過去的疼痛感。

「咕啊！」

承受不住痛楚的我立刻發出短短的悲鳴。我一邊喘氣一邊用雙手握住紅銅色長箭並用力將它拔出，雖然感受到加倍的疼痛感而幾乎要昏厥過去，但還是咬緊牙根繼續忍耐著。

「桐人！不、不要緊……」

沒辦法把這句話聽到最後，我便抓住從尤吉歐右腕上垂下來的鐵鍊並且用力往下拉。

「咻咚、咚！」的聲音過後，剛才尤吉歐所站的地方就已經被兩枝箭貫穿了。抓住鐵鍊的我繼續往後飛退，然後抬頭看向上空。

在東邊已有曙光出現的星空做背景下，一頭飛龍正在我們頭上緩緩盤旋。定眼凝神一看之下，好不容易才看見坐在牠背上的人影。那無疑是一名整合騎士——但如果是乘坐在龍背上，又在那樣的距離下以弓箭狙擊我們的話，那他射擊的準確度實在是太驚人了。

才剛這麼想，鞍上的騎士馬上又拉動巨大的弓。這時我只有用受傷的右腳拚命踢地移動。結果眼前的石頭地板上立刻插著兩枝箭。

「這、這下可不妙了。」

依然抓著尤吉歐手上鐵鍊的我這麼表示。我還是第一次在這個世界裡受到弓箭的攻擊。連被稱為活動戰術總覽的索爾緹莉娜學姊也只用過飛刀這種飛行道具，所以我一直以為遠距離攻擊不符合地底世界劍士們的個性，但整合騎士似乎就不受此限了。

由於沒辦法把視線從飛龍身上移開，我只能在腦袋裡描繪出周圍的場景，但還是發現根本沒有可以讓我們兩個人藏身的掩蔽物。就算跳進青銅柵欄的薔薇叢當中，也無法完全掩蓋住我們的身影吧。再來就只剩下——

「只能逃走了！躲過下一波的箭後就要開始跑囉！」

我對尤吉歐這麼呢喃道，然後為了應付接下來的飛箭而繃緊全身。

但新出現的整合騎士這時忽然停下攻擊，開始讓飛龍一邊盤旋一邊降落到地面上來。幾秒鐘之後，一道巨大的聲音響徹在噴水廣場當中。

「罪人啊，快點離開騎士薩提汪！」

我忍不住瞄了跪在地上的艾爾多利耶一眼，發現原本已經快要脫落的三角柱這時又開始回到他額頭當中了。

「竟然試著誘惑光輝的整合騎士墮落，你們的罪過已經無可饒恕！看我射穿你們的四肢然後把你們關回大牢裡去！」

這時由東邊射出一道矇矓曙光照射在空中的飛龍身上。跨坐在上面的整合騎士全身包裹在與艾爾多利耶十分相似的厚重鎧甲之下，可以看見他左手上還拿著一把巨大的紅銅長弓。那應該也和「霜鱗鞭」一樣是神器吧。至於令人恐懼的精密狙擊是已經用上「完全支配術」，或者是他接下來才要發揮真正實力就不得而知了。

魁梧的騎士接著就不再多說什麼，只是同時在紅色長弓上架了四枝箭。

「快……快跑！」

在這種距離之下，已經不可能看見對方發射後才閃躲了。依然抓著尤吉歐鐵鍊的我全力往前衝去。雖然每跑一步胸口與右腳的傷口就讓我感到劇烈的疼痛，但現在絕對不能停下來。這時尤吉歐也氣喘吁吁地拚命跟在我身後。

雖然也曾想過回到一開始的地下監牢，但那只能躲避狙擊卻不能解決問題。因此就算知道要是在迷宮裡遇上死路一切就完蛋了，我也還是選擇衝進廣場南側的大門當中。

跑了幾步後，身後馬上連續傳出「咚喀喀喀」的著彈聲。

「嗚哦哇啊啊！」

我們發出不知是悲鳴還是怒吼的叫聲，專心一致地往前跑。雖然聳立於道路兩側的柵欄在某些角度可以隱藏住我們，但在十字路口暴露出身形時，周圍馬上就會有數隻箭降下。

「那傢伙到底帶了多少箭啊！」

我為了散發怒氣而隨口大叫，結果跑在後面的尤吉歐竟然很認真地回答：

「剛才已經超過三十隻以上了，真是厲害！」

「這又不是什麼粗製濫造的ＭＭＯ……抱歉，不用理我！」

其實我早就已經失去方向感。但不知道為什麼，每當遇上了岔路，瀏海附近就會有被拉扯的感覺，於是我便順著它左彎右拐並且不斷全力往前衝刺。現在雖然還能和飛龍保持一定距離，但要是被趕進死巷子的話我們就沒救了——

可能是興起這種消極想法害的吧，在遇上不知道是第幾條岔路時一轉往左邊，奇妙指引的效果就消失了。十公尺前方左右，無情的命運已經讓我們遇上了死路。

事到如今也只能用僅剩下一半長度的鐵鍊來破壞金屬柵欄，但剛才已經確認過其優先度與鐵鍊差不多了。要一擊將它破壞可以說是相當困難。

但是，目前只剩下這個選擇。有所覺悟後，決定把命運交給上天的我便準備揮動右手，但就在這個瞬間。

「年輕人，過來此地吧！」

不知道從什麼地方傳來這樣的聲音，讓我的思考剎那間陷入暫停狀態。這是因為「年輕人，過來此地吧」這種老年人的用詞，竟然是來自於一道相當稚嫩的少女聲音。

我一面減速一面將視線往四周圍移動，結果發現前方右側的柵欄上不知道何時已經多出了一道小門。從那裡露出臉來對我們招手的，是一名戴著大大黑帽子，看起來大概只有十歲左右的女孩。

鼻子上的小圓眼鏡閃了一下之後，少女便消失在門後面。我一瞬間為了判斷這是不是陷阱而猶豫了一會兒。但一撮瀏海在這個時候被人用力往前拉了一下。就好像在叱責我「還在做什麼，快點進去啊！」一樣。

於是我和尤吉歐就不顧一切衝進了門裡頭的黑暗當中。

3

門後面是出乎意料之外的寬敞空間。

「哇啊啊啊啊！」

我一邊發出丟臉的悲鳴，一邊在空中翻了三次觔斗。接著背部才掉落在有些彈性的地板上。反彈了一下後，這次則又換成屁股著地。

結果尤吉歐也立刻以差不多的形態跌落在我身邊。我們兩個人一起甩了好幾次頭，等平衡感恢復之後才開始畏畏縮縮地看著周圍。

「咦…………」

也難怪尤吉歐會發出這種奇怪的聲音。我們的確是鑽進了開在薔薇園柵欄上的門。這樣的話，前方應該也同樣是在迷宮裡面才對。

但是，我們目前所坐的地方是有著老舊木板牆壁與天花板，以及同樣是木製地板的一處走廊。掉下來時之所以感覺到有彈力，就是因為下面是木板的緣故。如果和薔薇園一樣是石頭地板的話，我們應該已經減少一些天命了。

走廊往前方延伸了十公尺左右，在盡頭處閃爍著看起來相當溫暖的橘色光芒。連周圍的空氣都不再是剛才那種濕冷的感覺，取而代之的是讓人聯想起舊紙張的乾燥氣味。

這裡到底是什麼地方……剛浮現這種想法，背後的上方就傳來了喀嚓的金屬聲。回頭一看之下，發現眼前有相當陡峭的階梯，而階梯上方還能看見一扇小門與嬌小的人影。

我忘記了被鞭子擊中的胸口以及被射穿的右腳所帶來的疼痛，搖搖晃晃地撐起身體並且小心翼翼地爬上階梯。視線前方那扇門，在我們穿越之前確實看到是由青銅欄杆所製成，但現在卻變成和牆壁、地面同樣的木製。但與走廊古意盎然的木頭不同，不知道為什麼只有門是全新的白木。

來到距離頂端只剩下三層階梯的距離時，在門前背對著我的人影忽然迅速舉起右手來制止我。對方手上拿著一大串巨大黃銅鑰匙，看來是剛剛從門上同樣大小的鑰匙孔裡把鑰匙拔下來而已。幾秒鐘前聽到的金屬聲，應該就是這個人把門鎖上的聲音了。

「……那個……」

當我想問「這裡是哪裡？您又是哪位？」時，才注意到某種聲音。關起來的門後方，好像有某種小型生物發出了喀沙喀沙、喀嘰喀嘰的爬抓聲。我的上臂立刻出現些許雞皮疙瘩。

「……被找到了。這個後門已經不能用了。」

謎樣人物低聲說完後，便像要趕我離開般再次揮了一下右手。於是我只能停止發問，再度走下樓梯。當我回到已經站起來的尤吉歐身邊並回過頭時，對方也正好從樓梯上走下來。

由於周圍沒有任何照明，只有走廊盡頭透出來的些微光源，所以幾乎只能看見對方的人影。那個人頭上戴著又大又蓬鬆的帽子，嬌小的身體包裹在類似魔法師的斗篷之下。另外右手上拿著一串鑰匙，左手上則是一根與身高差不多的手杖。

對方像是要趕走我們般用那根手杖——或許應該說魔法道具對著我們一揮。同時開口表示：

「嘿，還不快點到裡面去！這條通道要廢棄了。」

雖然是年幼少女的聲音，但不知道為什麼卻比修劍學院的阿滋利卡老師還要有威嚴，我和尤吉歐只能趕緊朝著光亮處走去。經過短短的通道後，我們來到了一處奇妙的地方。

那是一個相當寬廣的四角形房間。除了牆壁上掛了好幾個從裡頭發出溫暖光芒的油燈外就沒有任何傢俱，只有正面有一扇看起來相當厚重的木門。

除此之外，三面牆上則並排著十幾條跟我們剛走出來的走廊完全相同的通道。我稍微瞄了一下身邊的走廊，果然在盡頭處也有階梯與一扇小門。

我和尤吉歐左顧右盼地看著四周圍，結果跟著走出來的斗篷少女忽然轉過去對著走廊舉起手杖。

「嘿咻！」

然後就隨著有點可愛——或者可以說有點老氣的呼聲揮了一下手杖。

原本以為不會再為什麼事情感到驚訝了，但接下來發生的現象卻又再次讓我嚇破了膽。通道裡頭左右兩邊的牆壁發出轟然巨響並且慢慢靠近，最後在震動下整個合在一起。

只花了幾秒鐘的時間，長達十公尺的走廊就完全消失，當從上下左右突出的木板接合起來後，該處就變成了普通的牆壁。根本看不出那裡剛才還是走廊，可以說連任何的凹陷都沒有。

以神聖術來說，這也是相當花功夫的高等術式。理論上必須詠唱一大串術式以及擁有高等系統權限，才能夠移動這麼多質量的物體才對。但驚人的是，謎樣少女只是叫了一聲「嘿咻」就能夠完成這樣的工作。說起來她根本連「System call」都沒說出口。老師明明在學院的課堂上說過所有神聖術都需要這起始句啊。

「哼……」

女孩輕輕冷哼了一聲，然後就像什麼事都沒發生過般把手杖放回地面上，接著終於把身體轉向我們兩個人。

在充足的光線下仔細一看之後，發現她是個娃娃一般的可愛少女。除了身穿天鵝絨光澤的黑色斗篷之外，頭上還戴著同樣材質的大帽子。這身打扮看起來與其說像魔法使，倒不如說像是個老學究，但從帽子邊緣露出來的栗色捲髮以及奶油色肌膚全都散發出年輕的光輝。

最讓人印象深刻的，應該就是少女的眼睛了。輕輕架在鼻子上的圓眼鏡深處，周圍長著長睫毛的眼珠雖然與頭髮同樣是棕色，但不知道為什麼卻散發出具有壓倒性知識與睿智的感覺。一看見那對眼睛，感覺就好像被吸進無底深淵一樣。而且也根本看不出她究竟在想些什麼。

總而言之——這個少女的確從整合騎士的攻擊下救了我們，於是我便先低下頭來想向她道謝：

「那個……謝謝妳救了我們。」

「還不知道是不是有這個價值就是了。」

這就是所謂的熱臉貼冷屁股嗎？從兩個人還在旅行的時候開始，我就已經知道讓尤吉歐與初次見面的人交涉往往會得到比較好的結果，於是我便用手肘戳了他一下，要他到前面去。

在我催促下往前走了一步的尤吉歐，隨即頂著濕濡的頭髮向對方行了個禮，然後開始自我介紹起來：

「那個……初次見面，我的名字是尤吉歐，這位是桐人。真的很感謝妳救了我們。嗯……請問妳就住在這裡嗎？」

看來夥伴也相當地混亂。少女露出有些受不了的表情，把鼻頭上的眼鏡抬起來之後才這麼回答：

「怎麼可能住在這裡。跟我來吧……」

她喀一聲用手杖敲了一下地面，然後就朝著正面牆上的大門走去。當然我們也急忙跟在後面，看見她用手杖一揮門便自動打開後，我也再度被嚇了一跳。

跟著少女穿過大門的我和尤吉歐，隨即又因為來到這個不可思議空間之後已經不知道第幾次的驚訝而呆立在現場。

出現在眼前的是難以言喻的光景。硬要用一句話來形容的話，應該就是——巨大圖書館吧。

這個只由「書架與書」構成的世界看起來像是沒有盡頭一樣。雖然整體是圓筒形空間，但牆壁上設有好幾層通道與階梯，而這些設施的某一側或者兩側都排著許多巨大的書架。如立體迷宮般往上延伸的迴廊從我們所站的地板開始往上延伸，依照我的目測，到達遙遠的頂端至少也有四十公尺左右吧。如果是在現實世界，這至少是十層樓的高度了。根本無法想像收納在書架上的書究竟有多少本。

那座薔薇園裡怎麼想都不可能存在可以容納下這座圖書館的建築物。我一邊抬頭看著陷入微暗當中的天花板，一邊以沙啞的聲音問道：

「這……這裡已經是中央聖堂的內部了嗎？」

「可以說是，也可以說不是。」

總覺得少女的聲音裡似乎帶著些許感到滿足的意味。

「我把本來的門消除了，所以在沒有得到我允許的情況下，沒有任何人能夠進來這座存在於中央聖堂內部的大圖書館。」

「大……圖書館……？」

尤吉歐還是以茫然的表情一邊看著周圍一邊這麼低聲說道。

「唔姆。這裡收錄了這個世界被創造之後的所有歷史以及天地萬物的分子結構，還有你們稱為神聖術的系統指令。」

……妳說系統指令！

我沒辦法立刻相信自己耳朵聽到的單字，只能以認真的表情凝視著少女。這時又從我半張的嘴唇裡，半自動地發出聲音。

「妳……妳到底……是誰？」

結果少女露出了微笑，看起來就像明白我為什麼會受到這種衝擊一樣。她接著便報上自己的姓名：

「我的名字叫『卡迪娜爾(Cardinal)』。過去是這個世界的調整者，現在則是這個大圖書館唯一的司書。」

——Cardinal。

在我的記憶範圍裡，這個名稱共有三個意思。

第一個是現實世界裡天主教教會當中的高級職位。日文名稱是樞機主教。

第二個是燕雀科的鳥類名稱。日文稱為北美紅雀，是因為全身長滿和樞機主教所穿的法衣同樣顏色的深紅羽毛而得名。

第三個就是——茅場晶彥所開發的ＶＲＭＭＯ遊戲營運用高機能自律程式「Cardinal系統」。最初的版本是被用於ＳＡＯ當中，它能調整艾恩葛朗特裡的貨幣、道具以及怪物的出現，讓這些個體保持平衡，我們這些玩家可以說都被它玩弄於股掌之間。

攻略ＳＡＯ之後，茅場雖然用原型ＳＴＬ掃描了自己的腦部而死，但在那之前已經刪減Cardinal系統的機能，製成了泛用ＶＲＭＭＯ開發支援程式套件「The Seed」。

藉由茅場留在電腦空間裡的思考模仿程式的意志，The Seed開始在網路上廣為流傳，最後成為Gun Gale Online等多種遊戲的控制系統。老實說我當初也幫忙了The Seed的免費發布活動，雖然花了很長一段時間考慮電腦茅場的真正目的，但最後還是想不出能夠接受的答案。那個男人應該不可能只為了彌補自己在ＳＡＯ事件裡的罪過就公開完全免費的開發環境……

但是話又說回來了，現在我眼前的這名少女，難道就是那個Cardinal系統取得人形之後的模樣嗎？

當然也有可能只是在公理教會擁有相當高地位的人工搖光採用了「樞機主教」這個名

字。但少女確實說了自己過去曾是這個世界的「調整者」。不是指導者、支配者，而是調整者Cardinal。

但是Cardinal系統為什麼會出現在這個世界當中？地底世界也是利用The Seed構成的嗎？就算是這樣，完全屬於後台，應該是「神明的透明之手」的調整系統，為什麼會取得人形呢？和心理諮詢用程式「結衣」不同，Cardinal本體應該沒有和玩家對話的機能才對。

在被無數問題困擾而只能呆站在現場的我旁邊，尤吉歐似乎也受到了相當的驚嚇，只見他用顫抖的聲音表示：

「所有……歷史……？這裡有四帝國建國以來的所有編年史嗎……？」

「不只有這些而已唷。這裡也有收藏世界被史提西亞神與貝庫達神分為人界與黑暗領域時的創世紀。」

少女的話讓喜歡歷史的尤吉歐出現快要昏倒的表情並且身體開始左右搖晃。這時名為卡迪娜爾的謎樣少女一邊推著鼻頭上的眼鏡，一邊露出惡作劇般的微笑。

「接下來我要說的話會相當長，在那之前要不要先吃點東西然後休息一下啊？只要想看的話，書架上的書可以盡量看沒有關係唷。」

她說完便揮了一下手杖，結果旁邊的地板上就冒出了一張小型圓桌。桌上的盤子裡裝著一大堆正冒著熱氣的三明治、肉包、香腸、油炸類零食等食物。

由於我們昨天晚上只啃了硬梆梆的麵包並啜了幾口水，這樣的景象等於給了我們胃部暴力性的刺激，但尤吉歐似乎對在解救愛麗絲作戰當中吃大餐與閱讀有種罪惡感。這時他已經用充滿糾葛的表情看著我，我只好聳了聳肩，然後說出聽起來多少有點像藉口的話來：

「光是面對艾爾多利耶一個人就陷入苦戰了，現在那個坐在飛龍上拿著大弓的整合騎士更是沒辦法強行突破。我們還是稍做休息然後重新擬訂作戰方針吧。看來這個地方相當安全，而且我們也已經減少很多天命了。」

「唔姆，我已經施過法術，只要吃下食物你們的傷口馬上就會癒合。不過在那之前，你們先伸出右手吧。」

聽見少女不容我們置喙的言詞後，我和尤吉歐只能乖乖伸出還套著鐵環的右手。她啪啪揮了兩下手杖後，堅固的鐵環馬上就分成兩半掉到地板上了。

尤吉歐摸著隔了快兩天才重獲自由的手腕，臉上還是帶著有些猶豫的表情。但下一個瞬間就打了個大噴嚏。現在才想到，他在和艾爾多利耶的戰鬥中整個人掉進噴水池裡而全身濕透了。這樣下去的話，很有可能會被課予感冒的生病狀態。

「……你在吃飯前還是先去暖暖身子比較好。那條通道前面有間小小的浴室，你先去泡個澡吧。等泡完澡後再看是要吃飯或看書。」

可能是覺得不能在這個地方病倒吧，只見尤吉歐終於勉為其難地點了點頭。

「……那我就恭敬不如從命了。卡……卡迪娜爾小姐。那個……請問創世紀放在什麼地方呢？」

卡迪娜爾舉起手杖，朝遙遠上方一個特大書架的某個角落指了一下。

「從那個樓梯上去就是歷史的迴廊了。」

「謝謝！那……我先告辭了。」

尤吉歐點頭行禮後又打了個噴嚏，然後才快步消失在書架與書架之間的狹小通道中。目送他的背影離開之後，卡迪娜爾才低聲說了一句：

「很可惜的是……這裡的創世紀是公理教會的最高司祭口述，然後由筆記官抄寫下來的創作文學。」

我馬上壓低聲音，朝著少女的大帽子低聲問道：

「那……這個世界裡的神明……像是史提西亞、索魯斯、提拉利亞和貝庫達果然都是虛構的囉？」

「那還用說嗎？」

卡迪娜爾的回答相當簡潔有力。

「地底世界居民信仰的神話，完全是教會為了確立統治權而創造並且廣為散布的東西。雖然神明們的名字都登錄為緊急處置用的最高權限帳號，但外面的人從來沒有用這些帳號登入進來過。」

這些話已經消除了我內心一小部分的疑慮。我繼續凝視著少女深茶色的眼睛並且說道：

「妳不是地底世界的居民吧。應該是這個世界的外側……接近系統管理者的存在。」

「唔姆。而你也跟我一樣對吧，無登錄人民桐人。」

「…………嗯嗯，沒錯。」

自從在這個世界裡醒過來後，已經過了兩年兩個月的時間。現在我終於可以確信這裡不是真正的異世界，而是由現實世界的人類所創造出來的假想世界了。

這時心裡忽然湧出一股意料之外的強烈感慨，我只能用力吸了口氣，然後把它呼出來。由於實在有太多事情應該問，一時之間也很難決定該從何問起。但還是有件事情得先確認一下才行。

「創造地底世界的人們，名字應該叫RATH……R、A、T、H對吧？」

「沒錯。」

「而妳就是Cardinal系統。是為了控制假想世界的自律型程式。」

剛說完的瞬間，少女便微微瞪大了眼睛。

「哦，這你都知道啊。你在另一邊有和我的同類接觸過嗎？」

「……算有啦。」

其實不只是接觸而已，某種意義上來說，在艾恩葛朗特裡戰鬥的兩年時光中，Cardinal根本就是我們最終的敵人。不過就算告訴眼前的少女，她應該也沒辦法理解吧。

「但是……就我所知，Cardinal系統裡頭沒有這種擬人化界面啊。妳……到底是什麼樣的存在？又在這裡做些什麼呢？」

一連串的問題讓卡迪娜爾微微露出苦笑。她一邊用指尖將額頭上冒出來的栗色捲髮塞回帽子裡，一邊用可愛又老成的聲音說：

「我為什麼會把自己隔離在這間圖書館裡……為什麼等待著要和你接觸……這說起來……是很長的一段故事了。」

她一瞬間像是沉浸在往事當中一樣閉起了嘴巴，但馬上又抬起頭來繼續說道：

「我盡可能長話短說。不過你還是先吃東西好了……傷口很痛吧。」

雖然因為這完全預想不到的事態而忘了疼痛，但一聽見她這麼說，被艾爾多利耶鞭打的胸口，以及被弓箭射穿的右腳就又開始發疼了。

於是我便按照她的指示，從桌上拿起一顆熱騰騰的肉包並大口咬了下去。它的美味就跟我經常離開修劍學院跑去購買的戈特羅商店的肉包不相上下，於是我便忍不住狼吞虎嚥了起來。不知道究竟輸入了什麼樣的指令在裡面，我每吃一口疼痛感就越輕，而且傷口也逐漸癒合。

「……不愧是管理者……連料理的參數都能隨心所欲地更動嗎？」

聽見我發出這樣的讚嘆，卡迪娜爾隨即用鼻子哼了一聲。

「你犯了兩個錯誤。首先我現在已經不是管理者。再來就是我能操縱的，就只有存在於這座圖書館裡的物體而已。」

說完她便轉過身子，朝延著牆壁彎曲的通道走去。我急忙盡可能地抱了一堆三明治與肉包到懷裡，然後確認了一下對面通往浴室的通道。由於必須花上一段時間溫暖身體才能預防感冒狀態，所以尤吉歐應該不會這麼快出來才對……

「…………嗯？咦……如果食物可以治癒傷口的話，那是不是也能預防感冒呢？」

我一指出這一點，卡迪娜爾便暫時回頭朝我笑了一下。看來泡澡只是個藉口，她只是想讓尤吉歐暫時離開罷了。

跟著想不到頗有心機的賢者往前走了一陣子，經過許多岔路以及頻繁地爬上爬下之後，我馬上搞不清楚自己究竟在大圖書館的什麼地方了。當顧不了禮儀而邊走邊吃的我快把食物掃光時，通道前方出現了一個周圍全被書圍住的圓形空間。空間的中央放了一張桌子，還有兩只古色古香的椅子圍在桌子旁邊。

卡迪娜爾自己坐到其中一張椅子上後，隨即默默用手杖指了指另外一張椅子。而我也按照指示在上面坐了下來。

結果桌上立刻出現兩杯茶。卡迪娜爾拿起自己眼前的茶杯並且含了一口，接著才慢慢開始說道：

「你有沒有想過，這個和平的人工世界裡，為什麼會存在feudalism呢？」

聽見卡迪娜爾說出那個不熟悉的名詞後，我花了兩秒鐘的時間才想出這單字的意思是「封建制度」。

封建制度，是由君主將領地分封給貴族統治的支配結構。也就是什麼皇帝、國王、伯爵、男爵等等奇幻小說或遊戲裡常會出現的——應該說沒出現還比較稀奇——中世紀身分制度。

地底世界的設定基本上就跟中世紀歐洲沒有兩樣，所以我一直沒有對貴族和皇帝的存在感到特別奇怪。所以卡迪娜爾的問題就讓我覺得非常疑惑。

「哪有為什麼……不就是創造者們這麼設計的嗎？」

「不是。」

卡迪娜爾就像猜到我會這樣回答一般，嬌小的嘴唇邊緣微微上揚並且馬上否定了我的答案。

「製造這個世界的外側人類們，只不過準備了應該有的各種物品。現在的社會制度完全是由地底世界的居民所建立。」

「是這樣啊……」

這些事情的確不能讓尤吉歐聽見。

我慢慢點了點頭。接著後終於想起應該最先確認的事情。既然她知道真實世界裡的RATH，那就表示……

「等、等一下。妳能和真實世界取得聯絡嗎？或者是擁有和那一邊的通信管道？」

滿懷希望的問完後，卡迪娜爾卻用無奈的表情給了否定的答案。

「笨蛋，如果能夠辦到這種事，那我就不用被關在這個滿是灰塵的地方好幾百年了。可惜啊……能和外界聯絡的……就只有最高祭司而已。」

「這……這樣啊……」

雖然那個最高司祭大人究竟是什麼樣的存在也很令人在意，但我還是先把這個問題丟到一邊，在帶著一縷希望的情況下繼續問道：

「那……至少知道現實時間是幾月幾日……或者我的身體目前在現實世界的什麼地方吧……」

「抱歉，現在的我已經無法登入系統區域當中。就連檔案區域也只能參照一丁點範圍而已。和你在外邊認識的Cardinal比起來，可以說是相當無力的存在。」

可能是感到相當不好意思吧，這時卡迪娜爾已經露出符合她年紀的沮喪表情，看見她這樣之後，不知道為什麼也覺得很抱歉的我馬上用力搖著頭說：

「沒關係啦，光是知道現實世界確實存在就已經是謝天謝地了。抱歉打斷妳的話頭……妳剛才說出現封建制度的理由嗎……」

把話題拉回來後，我便考慮了一下才繼續表示：

「那是因為……維持治安、分配生產物等工作都必須要有人來監督才行吧？」

「唔姆。但你應該也知道，這個世界的居民原則上是沒辦法違背法律的。所以不會出現傷害他人、偷取財物或者獨占收穫等事情。既然一出生就強制被要求接受勤奮與公平的社會，那麼發展共產主義反而會更有效率不是嗎？現在這個世界的總人口也不過只有十萬，但卻有四名皇帝與上千名自稱爵士的貴族，你覺得真的需要這種過度的身分制度嗎？」

「十萬……」

我第一次聽到地底世界的總人口數。雖然卡迪娜爾說了「只有」，但我反而因為這龐大的數字而大吃一驚。這已經不是人工智慧的研究，而是文明的模擬了吧。

不過……如果一名皇帝只支配兩萬五千名居民，那跟古代羅馬帝國或法蘭克王國比起來簡直可以說是小巫見大巫。這樣子的話，應該就不是因為需求而誕生封建制度，而是直接模擬現實社會所設計出來的了。

正當我想不出所以然來的時候，卡迪娜爾又說出相當唐突的一句話來：

「我剛才已經說過這個世界沒有神明存在。但是創世時代——也就是距今四百五十年前，還是有近似神明存在。當央都聖托利亞還只是一個小村子的時候……在裡頭就存在著四位『神明』。」

「咦，四百五十年？不是三百八十年嗎？因為今年是人界曆……」

面對我有點脫線的問題，賢者像是要表達「真受不了你」般聳了聳肩。

「剛才不是說過了，創世神話是教會的創作。目前曆法的起點根本是後人隨便胡謅的。」

「是、是這樣啊。那……妳說有四位『神明』對吧？那他們一定是人……也就是創造這個世界的ＲＡＴＨ員工吧？」

這次的推論似乎沒錯了，只見卡迪娜爾露出微笑並且點著頭。

「哦，你察覺到這種程度了嗎？」

「……因為這個世界應該不是先有蛋而是先有雞才對。一定要有人培育一開始的人工搖光寶寶……不是這樣的話，就沒辦法說明這裡為什麼讀寫都是用日文了。」

「的確是頭腦很清晰的推論。你說的沒錯。當初……我還是沒有意識的管理者時，四名外界人來到這片土地上，然後在兩間農家裡各自養育了八名『子女』。他們教授小孩們讀書寫字、栽培作物、養殖家畜的方法……以及之後成為禁忌目錄基礎的善惡倫理觀念。」

「完全就是神明了嘛……這真是責任重大。隨便說句話就有可能影響到之後的人類社會耶。」

我那句「隨便說句話」讓卡迪娜爾以非常嚴肅的表情點著頭。

「一點都沒錯。我是被幽禁在這座圖書館之後才開始考慮起這件事情，最後更歸納出答案。總之就是……為什麼這個世界會存在原本不需要的封建制度呢？除了有禁忌目錄這種超出常軌的法律體系之外，為什麼還有靠鑽法律漏洞來尋求自身利益與快樂的貴族呢？面對這些問題，我只能想出一個答案。」

少女一邊將小圓眼鏡往上推，一邊用嚴肅的聲音繼續說道：

「從『初始的四人』能順利完成困難的使命這點來看，就能知道在真實世界裡的他們也擁有最高等的智慧。同時由地底世界居民們生來善良這一點，則可以推測出他們應該有高尚的倫理觀念。只不過，不是四個人都是如此。」

「……妳說什麼……？」

「其中一個人雖然有出色的智慧，但卻絕非善類。那傢伙就像是『汙染源』一樣。他所養育的小孩裡就有一、兩個人受到他的影響。雖然應該不是故意……但一個人的個性是沒辦法隱藏的。結果那個人就這樣把占有欲以及支配欲等利己的欲望傳到了小孩身上。而那些小孩就是現在支配人界的貴族、皇族，以及公理教會上級司祭們的祖先……」

妳說……有一個人絕非善類？

也就是說，一些貴族的邪惡個性，就是來自於ＲＡＴＨ其中一名主要工作人員嗎？他的邪惡精神一直遺傳下來，最後變成萊歐斯．安提諾斯、溫貝爾．吉傑克那樣的人嗎？

這時我忽然覺得全身有點發冷。現實世界的我，正處於沒有意識的狀態下，躺在ＲＡＴＨ不知道在何處的根據地裡接續著ＳＴＬ。一想到身邊就有像萊歐斯這樣的人在亂晃，當然會感到有點擔心。

那傢伙會是我認識的人嗎？雖然試著要想起我認識的ＲＡＴＨ員工，但立刻浮現在腦海裡的，就只有主任研究員比嘉健和介紹我到ＲＡＴＨ的謎樣公務員菊岡誠二郎了。當然六本木的ＲＡＴＨ分公司裡也有其他工作人員，但長相與名字我都不是記得很清楚。因為我的主觀裡，在ＲＡＴＨ打工已經是兩年多前的事情了。

現在最重要的問題是，那傢伙單純只是利己心與欲望比較強烈的人，還是在帶著某種企圖下而潛入ＲＡＴＨ的呢？比如說要盜取研究並把它賣掉，或者……想把研究成果破壞掉呢？

「卡迪娜爾……妳知道那『初始的四人』的名字嗎？」

很可惜的，少女只是緩緩搖著頭來回答我的問題。

「必須擁有登入全系統區域的權限才能知道這個資料。」

「嗯……抱歉，一直提出類似的問題。」

反正現在就算知道名字也不能怎麼樣。只不過，這也更加確定我必須和外界取得聯絡的決心。

把身體靠在椅背上，喝了一口發出甜香的茶之後，我又把話題拉了回來。

「原來如此……地底世界的人民當中，因為只有一小部分人擁有支配欲，所以那些人當然就會變成特權階級。就好像蹬羚群裡出現了獅子一樣。」

「另外也像是無法刪除的病毒程式一樣。這個世界裡，父母生下小孩時，除了外表之外連個性也會遺傳唷。不過大多和平民結婚的下級貴族，似乎已經沒有什麼利己之心了……」

卡迪娜爾的話讓我想起身為六等爵士的羅妮耶與緹潔都擁有令人尊敬的正義感與博愛心。

「這也就是說……持續貴族間通婚的話，就會一直保存利己心囉？」

「沒錯。四皇帝家以及教會的上級祭司就是這種例子的集大成。而站在這些人上頭的，就是這個人界的絕對支配者……公理教會最高司祭，現在甚至成為系統管理者的一個女人。她甚至還用了『亞多米尼史特蕾達』這個極為猖狂的名字。」

「亞多米尼(admini)……史特蕾達(strator)……」

我小聲地重複了一遍這個英文的意思應該是「行政官」，另外在一部分操作系統有「管理員」之意的單字。話說回來，整合騎士艾爾多利耶在引發謎樣發光現象時，好像曾經提到過這個名字。這也就是說，整合騎士宣誓效忠的對象……就是最高司祭亞多米尼史特蕾達嗎？

想到這裡後，我終於注意到卡迪娜爾的話裡還隱含了一個相當重要的情報。

「咦……妳、妳剛才說那個最高司祭是女的？」

我從很久之前就先入為主地認為公理教會的高層是高齡男性，但似乎不是這樣。卡迪娜爾點了點頭，然後用非常難看的臉色加了一句：

「是啊。而且……最恐怖的是，那傢伙說起來還是我的雙胞胎姊姊。」

「這……這是什麼意思？」

無法理解情況的我只能這麼發問，但有著少女外表的賢者並沒有馬上回答。她就像相當討厭自己的身體般凝視著自己雪白纖細的右手好一陣子後，才緩緩開口表示：

「……讓我按照順序說下去吧……公理教會這個絕對統治機關呢，是距今大概三百五十年前被建立起來的。也就是開始模擬後經過了一百年左右。當時的人界人民都在二十歲左右結婚，然後每對夫婦平均會有五個小孩子，所以這時第五代的人民已經超過六百人了。再加上父母以及祖父母那一代的話大概有一千人左右吧……」

「等、等一下。話說回來，這個世界的結婚與生產是什麼樣的系統呢？」

剛好遇上這個能消除兩年來疑慮的機會，我忍不住就這麼脫口發問，接著才想到不管內在年齡有多大，這實在不是應該對一名十幾歲少女提出的問題。正當我感到不知所措的時候，卡迪娜爾連眉毛都沒有動一下就輕鬆地回答：

「我不太清楚現實世界裡人類的生殖活動所以無法斷言，但從人工搖光的構造原理上來看，行為應該會以現實世界為準才對。只有在系統上進行過婚姻登錄的男女，才能在進行行為後有一定的機率能夠懷孕。具體來說呢，就是LightCube Cluster在空的立方體裡載入新的搖光原型，然後組合雙親的外型、思考、個性模式的一部分來製造出一名新生兒。」

「哦～原來如此……那所謂的婚姻登錄是？」

「就是很單純的系統指令。形式上是對史提西亞神宣誓結為夫妻。在一開始的時代是由村長來執行儀式，但各地出現教會之後就只有該地的修道士或者修女才能實行了。」

「這樣啊……啊——抱歉又打斷妳了。請繼續說下去吧。」

在我的催促下，卡迪娜爾便輕輕點了點頭並且再次開始說明：

「『初始的四人』登出後又過了數十年，人口到達千人的居民們已經被幾名領主所支配。以從祖先處繼承來的利己心做為武器的他們，就只專心於擴大自己擁有的土地，結果害得附近沒有田可耕種的年輕人必須成為佃農而聽從他們的命令。不過裡面好像也有不甘成為佃農便離開中央到邊境去開墾的人民。」

「原來如此，薩卡利亞與盧利特村等地方性的村鎮就是由這些年輕人開墾出來的嗎？」

「沒錯。支配中央的領主們當然會互相反目，所以有很長一段時間沒有締結姻親關係。但是到了某個時候，首次出現兩個領主家之間進行策略結婚的狀況……結果一名女孩子就在這種情形下誕生了。這名有著天使般可愛容貌，以及存在於地底世界的人工搖光當中最強烈利己心的嬰兒……名字就叫做桂妮拉。」

卡迪娜爾望向天空的眼睛裡，似乎閃爍著徘徊在遙遠過去當中的光輝。

環繞著小房間的書架之間設置了好幾盞油燈，這時上面的火焰就直接在少女的白色臉頰上造成了幾道複雜的陰影。在針落可聞的寂靜當中，忽然一道平穩中帶著哀戚的聲音響起。

「當時，聖托利亞的——已經不只是村莊而是城鎮規模——小孩子都是由其中一名領主，也就是桂妮拉的父親來指派天命。十歲的桂妮拉在劍術、神聖術、詩歌、紡織等各方面都展示出天賦，所有人也都認為任何天職她都能夠勝任。但是，也就是這樣——父親便開始捨不得讓美麗的桂妮拉到鎮上去工作。」

卡迪娜爾這時露出了覺得相當可惜的笑容。

「就因為這愚蠢的執著，讓領主為了想把桂妮拉留在自己身邊而賦予她『神聖術的修練』這個過去不曾存在的天職。而桂妮拉就這樣在宅邸深處的房間內充分發揮她的智慧，開始解析起神聖術……也就是系統指令來了。在那之前，地底世界的居民都只能使用相當基礎的指令，也沒有任何人考慮過這些構成指令的單字究竟有什麼意義。因為光是這樣就能夠過生活了。」

還在盧利特村的時候，尤吉歐和其他村民的確只會為了調查天命而叫出「史提西亞之窗」。

「但是……桂妮拉卻發揮出以一個小孩子來說相當恐怖的忍耐力與洞察力，持續解析著像是『Generate』、『luminous』、『Object』等由奇怪異世界言語所構成的指令。最後桂妮拉終於獨自根據幾個基礎的指令，成功地編纂出『炎熱之箭（Thermal arrow）』這樣的法術。系統指令原本只是拿來讓生活更加便利的道具，但她卻從中創造出能夠傷害生命的攻擊術。桐人啊——」

忽然被叫到名字的我，在眨了眨眼睛後便看著卡迪娜爾的臉龐。

「你知道為什麼自己的神聖術行使權限等級……也就是『System Access Authority』的數值會突然上升嗎？」

「嗯嗯……大概知道。應該是打敗怪物……因為在洞窟裡和哥布林們作戰並且擊退牠們的緣故吧。」

「唔姆，沒錯。這個世界原本就有居民只要與入侵的外敵作戰就能夠變強的設計。雖然要等進入『負荷實驗階段』才會用上這樣的設定就是了……總之呢，想要讓權限等級上升，就只有不斷用指令來打倒敵人這個方法。桂妮拉在年僅十一歲的時候，就自己發現了這樣的規則。因為她在家裡附近的森林裡，試著對無害的金鳶狐施放了『炎熱之箭』……」

「這也就是說……打倒後就能提升權限的對象，不僅限於外敵……也就是暗之國的怪物囉？」

「唔姆。所謂的『經驗值上升』，是只要破壞包含人類在內的動態個體就會發生的情形。當然這個世界裡人類是不會殺害人類，另外幾乎所有人也不會去攻擊無害的動物。不過擁有濃厚貴族遺傳因子的人則不在此限。他們會舉行狩獵來當做消遣，結果在無意識當中就強化了權限……在自己意志下提升權限的，就只有十一歲的桂妮拉一個人而已。」

卡迪娜爾說到這裡便先停下來喝了一口茶。接著又用雙手包住茶杯並且靜靜地再度開始說道：

「……注意到殺害動物就能讓神聖術行使權限提升的她，每到夜裡就離開家，在家人與村民看不見的地方持續殺戮行為。當時如果控制整個世界平衡的我有意識的話，一定會為桂妮拉的行為感到恐懼吧。她毫無感情……不對，說不定是在某種愉悅的情感下，一夜間就把聖托利亞周邊的野獸個體殺光了。而減少的個體又會在系統命令下獲得補充……然後她就在隔天晚上再度將動物們全滅……」

——對身為VRMMO玩家的我來說，這應該是極為普通的行為。SAO時代的我，同樣也每天都進行著這樣的「狩獵」來強化自己的能力。因為MMO本來就是這樣的遊戲。

但是現在聽見卡迪娜爾的話之後，我卻感覺自己的背部已經是冷汗直流。

一名穿著睡衣且面無表情的幼女徘徊在深夜黑暗的森林當中，面無表情地燒殺發現的動物。要用一句話來形容這種景象，那大概就是「惡夢」吧。

像是感染了我的恐懼一般，卡迪娜爾也用雙手用力握住了杯子。

「桂妮拉的權限等級就這樣不斷地上升。而指令解析也順利地進行著，最後她終於能夠使出回復天命與預測天氣等等讓當時的民眾覺得是奇蹟的法術。包含她父親在內的聖托利亞居民們，馬上就相信桂妮拉是神之子而開始崇拜她……這時已經十三歲的桂妮拉更是有了聖潔的美貌。臉上雖然帶著溫柔的微笑，但是桂妮拉知道能夠完全滿足自己無限支配欲的時候已經到了。只要靠著比領主們的所有權，或者劍士們所修煉的劍法還要強力的手段……也就是打著神的名號……她就能得到一切。」

說到這裡就停下來的卡迪娜爾，一瞬間朝著頭上——大圖書館遙遠上方的屋頂，或者是更上方的現實世界看去。

「利用『神明』的概念來說明系統指令這種不可思議的力量，可以說是創造這個世界的人類們所犯下的最大錯誤。我認為……對人類這種生物而言，神明的存在根本是令人無法自拔的毒藥。它可以治癒所有痛苦，原諒任何殘酷。幸好沒有任何情緒的我聽不見神明的聲音……」

少女把深棕色的眼睛移回杯子上，然後用左手手指輕輕敲了一下陶器邊緣。結果馬上又有熱騰騰的液體從底下湧上來，幾乎已經被喝光的杯子裡馬上又出現了滿滿的茶水。

「在人民看見那樣的奇蹟，又跟他們說明這都是神明的力量後，也難怪那些人會那樣盲目地崇拜桂妮拉。這時已經沒人會質疑能讓耕種時受傷的男性馬上痊癒，又能夠在三天前就預言將有暴風雨來臨的桂妮拉。於是她便告訴父親以及其他領主，為了展現更多的神蹟，自己需要向神明祈禱的場所。結果村子中央馬上就蓋了一座白大理石塔。當時塔的占地還相當小，而且也只有三層樓高……沒錯，那正是這座中央聖堂的原型。而這同時也就是公理教會三百五十年歷史的開端。」

卡迪娜爾所說的這段古代聖女桂妮拉的故事，馬上就讓我聯想到一個人。雖然我不認識她，而是從尤吉歐與賽魯卡那裡聽來的——那個人就是幼年時就展露神聖術的天分，因此被賦予教會的修女見習生這項天職的少女，愛麗絲．滋貝魯庫。

但是尤吉歐曾說過在盧利特村時的愛麗絲對任何人都相當溫柔。而且她又是賽魯卡的姊姊。我實在不認為她會在半夜離開家裡，跑到森林裡去殲滅動物。

那麼愛麗絲是怎麼提升系統登入權限的呢？

結果是卡迪娜爾的聲音把我陷入疑問深淵當中的意識拉了回來。

「當時的居民全都相信桂妮拉是受到史提西亞神祝福的巫女。他們每天早晚都向白塔祈禱，並且毫不吝嗇地把一部分收穫捐獻給桂妮拉。和桂妮拉沒有血緣關係的領主們，一開始也對像她這樣的存在感到不高興……但是桂妮拉不可能被這種事情打敗。她馬上就以神明的名義賜封給所有領主貴族，也就是爵士的地位。之前一般農民對於領主的巧取豪奪多少感到有些不高興，但經過神明認證之後，他們也只能乖乖順從這些權威。於是成為貴族的領主們便做出歸順桂妮拉比和她對立好得多的判斷。」

把茶杯喀嘰一聲放回茶盤上之後，卡迪娜爾便筆直地看著我並且說：

「雖然拖得有點長，不過這就是地底世界存在封建制度的理由了。」

「原來如此……不是為了維持社會，而是為了支配人民的身分制嗎……難怪上級貴族沒有任何的義務感了。」

我低聲說完，卡迪娜爾也繃起臉點著頭說：

「我想你應該沒有親眼看過，不過上級貴族與皇族對於私人領地的暴虐程度實在是筆墨難以形容。如果不是禁忌目錄禁止殺人與傷害，真不知道那些地方會變成什麼樣的地獄。」

「……製作禁忌目錄的，當然就是剛才提到的那個桂妮拉了吧？這表示……她也有一定程度的道德觀念嗎？」

「哼，我可不這麼認為。」

卡迪娜爾可愛地用鼻子冷哼了一聲。

「——經過我長年思索之後，還是無法理解為什麼這個世界的居民無法違背上級權威訂下的規則。而且就連我也不例外。雖然公理教會對我來說不是上級單位，所以不會被禁忌目錄所束縛……但我還是沒辦法違背Cardinal系統給我的幾條規則。之所以會被困在這種地方數百年的時間，也就是因為無法違抗命令所造成的結果。」

「桂妮拉……也同樣無法違反上級規則嗎？」

「那是當然。因為禁忌目錄是桂妮拉所訂立，所以她自己也不受到那個可笑的法律所拘束……但還是無法違背小時候父母加諸在她身上的幾條規定，而且現在也必須按照新的命令行事。你想想看，要不是那個傢伙的父母親教了她『不可傷害他人』，她會只殺害動物就感到滿足嗎？她一定會開始殘殺更容易提升權限等級的人類啊。」

我的背部又開始因為發冷而起雞皮疙瘩。我馬上隱藏這種反應並且開口表示：

「唔姆……這也就是說，不可傷害他人是『初始的四人』打從一開始就給這個世界的小孩立下的禁忌。然後桂妮拉將其明文化並且加上了其他細項……是這樣吧？」

「光看表面的話的確是如此。但是那傢伙絕對不是因為這個世界的和平才這麼做的。成長到二十多歲的桂妮拉愈來愈美麗，而且塔也跟著愈來愈高，她甚至還收了數名弟子。最後各地的村莊都建立起類似的白色高塔，桂妮拉正式定名為公理教會的支配體制也逐漸穩固了下來。但是……隨著人口穩定增加，人們的居住區域也跟著擴大，等出現自己無法顧及的區域之後，桂妮拉就開始感到不安了。她害怕在邊境出現和自己同樣注意到神聖術行使權限祕密的人。於是她便為了確實地支配所有人類而開始將法律明文化。你知道為什麼禁忌目錄的第一條寫著必須對公理教會忠誠，第二條就寫著禁止殺人行為嗎？」

卡迪娜爾瞬間閉上嘴巴，之後一直凝視著我並繼續開口說道：

「——當然是因為殺了人之後，殺人者的權限等級會提升的緣故。教會禁止殺人的理由就是這麼簡單。那個條款根本無關任何的道德、倫理或者是善良。」

有些受到衝擊的我忍不住就提出反駁：

「但……但是禁止殺人或是傷害，原本就是『初始的四人』流傳下來的道德禁忌不是嗎？

就算教會沒有規定，居民也有這樣的倫理觀念不是嗎？」

「如果父母親沒有把這一點教導給小孩呢？雖然機率相當低，但如果出現一出生就被帶離父母，也就是一開始就與上級存在分離，因此沒有受過道德教育就長大的小孩子呢？如果那個人還擁有貴族的遺傳因子，那他可能會按照自己的欲望來殘殺周圍的人類，最後獲得超越桂妮拉的權限等級。為了盡可能消滅這樣的可能性，桂妮拉才會編纂禁忌目錄並將其製成書籍，命令所有城鎮與鄉村都必須收藏這本書。另外父母們也被賦予在孩子啞啞學語的過程中就必須徹底教授他們禁忌目錄的義務。聽好了，這個世界的人類之所以會如此善良、勤勞且充滿博愛心，完全只是因為這樣對教會這個絕對統治機關來說比較沒有威脅罷了。」

「但……但是……」

我沒辦法就這樣接受卡迪娜爾所說的話，於是只能不停地搖著頭。

因為我實在無法相信在盧利特村、旅行途中還是在修劍學院裡交流的人們——像賽魯卡、羅妮耶、緹潔、索爾緹莉娜學姊……還有尤吉歐那比任何人都值得尊敬的人性，全都只是被程式強制的結果。

「……但不是全部都是這樣吧？那個……應該還是有一點包含在人工搖光原型裡頭的部分吧？就像我們人類靈魂一開始所擁有的某種東西……」

「你不是早已經親眼看見最好的反證了嗎？」

一時想不通卡迪娜爾說的話究竟是什麼意思，我只能連續眨了兩、三下眼睛。

「咦……？」

「就是殘酷地想把你和尤吉歐殺掉的那群哥布林啊。你也不認為那只是單純的程式碼吧？那正是搖光原型裡頭與禁忌目錄完全相反的……忠於殺戮、搶奪與自身欲望之後的模樣。聽好了，牠們也是『人』，在某種意義上和你完全相同。」

「…………」

我只能暫時沉默下來。

我原本就做出了相同的推測。兩年多前，和我們在盡頭山脈地下作戰的怪物——哥布林們的對話與動作實在太過於自然，完全看不出在一般VRMMO遊戲裡登場的怪物或NPC特有的程式感。最重要的是，閃爍在牠們黃色眼睛裡頭的欲望光芒，絕對不是任何材質貼圖所能表現得出來的。

但現在聽見牠們也是擁有搖光的「人類」之後，我實在沒辦法說句「是哦」然後就接受這個事實。我為了解救尤吉歐與賽魯卡而殺了兩隻……不對，是兩名哥布林，但牠們只是忠於刻劃在自己靈魂當中的欲望而已。既然尤吉歐可以突破禁忌目錄的限制，那麼哥布林們應該也有違背殺戮、搶奪等命令的可能性吧。但我卻因為牠們是哥布林、因為牠們恐怖的外表就相信牠們是邪惡的存在，進而毫不猶豫就揮下手裡的劍……

「別再煩惱了，笨蛋！」

卡迪娜爾的斥責直接給予不知不覺間深深低下頭的我當頭棒喝。

「連你都想變成神嗎？就算煩惱一兩百年都得不到答案的。就算我現在——像這樣終於面臨和你見面的時機，也還是在一團迷霧當中……」

抬起臉之後，馬上發現卡迪娜爾正皺著柳眉一直凝視著杯子裡面。她接著又用有點像吟詩的口氣繼續說道：

「我過去也是沒有一絲疑惑的管理者。完全不認為在我掌中掙扎的小東西有什麼特別，只是按照不變的法則來運作整個世界。但像這樣得到人身……了解對生命的執著後，才首次知道……就連創造這個世界的人們，都沒有真正理解自己究竟創造出什麼樣的東西來了。他們才算是神明……就算知道了桂妮拉恐怖的行為，也只是覺得有趣而不會有任何的擔心吧。要是世界就這樣進入負荷實驗階段，一定會出現筆墨難以形容的地獄，但他們根本不會在乎……」

「對……對了，妳說的負荷實驗究竟是什麼？剛才也曾聽妳提到過……」

我一插嘴卡迪娜爾便抬起伏下的視線，輕輕點了點頭後才說：

「讓我們把話題拉回來吧，不按照順序說明你是聽不懂的。剛才說到桂妮拉制訂了禁忌目錄並且將它流傳到整個世界裡對吧。公理教會就藉由這本書籍而更加鞏固了他們的支配。因為桂妮拉不斷改寫目錄，在用對教會有利的道德觀緊緊綁住居民的同時，也順便排除了生活當中所有可能造成麻煩的原因。最後目錄裡不但列出成為傳染病發生源的沼澤並且禁止人民接近，甚至連讓羊吃了之後就會不再產奶的草名都寫出來了……至此人民根本不用想太多，只要乖乖照著那本書去做的話，就不會引起任何問題。於是人民依賴、盲從教會的程度便隨著時間不斷增加，最後再也沒有人懷疑目錄第一條，也就是對教會的忠誠了。」

這真的是完全統治。沒有飢餓、反叛以及變革的理想社會——

「聖托利亞的人口有了爆炸性增加，再加上建築技術大規模使用指令後有了相當的進步，過去的村莊瞬間就發展成大都市。而公理教會的占地也變得像現在這麼大，白塔也跟著愈來愈高……現在想起來，這座中央聖堂根本就是桂妮拉無窮欲望的具現化。她完全不知道什麼叫做滿足。等年齡到了三、四十歲，容貌也開始衰退時更是如此。但她也不能像上級貴族那樣沉迷於美食與肉欲當中。從那個時候開始，桂妮拉就不再出現於下界，只躲在不斷上升的高塔最上層裡頭，拚命地解析神聖術。她所追求的是更高的權限，更驚人的神蹟……甚至想要超越加諸在她身上的最後，同時也是絕對的界限——『天命』。」

在這個世界裡，名為天命數值可以說是相當簡單明瞭。

它會隨著成長的過程逐漸增加，在二、三十歲時達到頂點，到達高峰之後就開始慢慢減少，最後在六十到八十歲之間歸零。我的天命在這兩年裡也增加了不少。知道這個數值開始每天下降的確是相當恐怖的事。尤其是對掌握這個世界的絕對支配者來說更應該是如此吧。

「但是……不論她再怎麼解析指令，甚至學會了操縱天氣的法術，也沒辦法改變天命界限……也就是壽命。能夠操縱這方面資料的就只有掌握管理者權限的人……像是外部管理者，或是自律控制系統Cardinal而已。於是桂妮拉的天命便隨著日子不斷地減少。到了五、六十歲時……過去可以幻惑人心的神聖美貌已經不復存在，甚至連走路都開始搖搖晃晃。最後她終於無法從世界最高處的寢室裡那張豪華大床上爬起來了。於是她開始每個小時都叫出史提西亞之窗，然後凝視著上面穩定減少的天命數值……」

卡迪娜爾說到這裡就停了下來，像是覺得發冷般用雙臂抱住嬌小的身體。

「……但就算在這種情形下，桂妮拉也還是沒有放棄。她的執念真是太恐怖了……她不分晝夜地用沙啞的聲音嘗試著各種音節的組合，不斷掙扎著想要叫出那個禁忌的指令。但是這樣的努力當然不可能成功了。那大概就跟丟一千次硬幣，每次都要是正面的機率一樣……不對，甚至可能更小……但是……」

我忽然間湧起一股莫名的惡寒，整個身體也因此而發起抖來。卡迪娜爾——這名表示自己是系統所以沒有任何情緒的不可思議少女，目前很明顯受到某種恐懼的侵襲。

「……在她終於命在旦夕……只要受點小傷或者生點小病就有可能喪命的某個晚上……在將近不可能的偶然……但我認為或許是在外面世界某個人的幫助下，桂妮拉她終於打開了那個禁忌之門。雖然你無法使用——不過就讓你看看吧。」

卡迪娜爾用左手舉起手杖指向空中，呢喃般地發聲：

「System call。Inspect entire command list！」

這時馬上響起一陣從未聽過的厚重效果音，接著卡迪娜爾面前便出現了一扇較大的紫色窗子。

就這麼簡單。沒有什麼從天而降的神光，也沒有任何天使吹奏的喇叭聲。但我已經可以理解這個指令的恐怖效果了。

這的確是終極的神聖術。甚至可以說本來不應該有這種指令存在才對。

「看來你已經知道了。沒錯……這個窗子列出了存在於這個世界的所有系統指令。這又是世界創造者們犯下的大錯。當『初始的四人』要離開這個世界的瞬間……絕對要消除這個指令才對。」

卡迪娜爾揮了一下手杖將禁忌的窗戶消去。

「桂妮拉張大矇矓的眼睛凝視著視窗。然後理解一切的她感到一陣狂喜並且整個人跳了起來。她冀求的指令就在窗戶尾端。那是必須從內部緊急操縱整個世界的平衡時……能夠奪走Cardinal系統所有權限，同時成為真正神明的指令。」

忽然間，我的腦海裡浮現一個相當鮮明的景象。

在直達雲端的高塔最上層。周圍的窗戶只能看見沒有星星的夜空、捲曲的黑雲以及縱橫的紫色閃電。

空無一物的寬敞房間裡，只有中央放置著一張有頂篷的大床。但床的主人這時沒有躺在上面。她在柔軟的床墊上瘋狂地甩著褪色的長髮，並且以衰老的肉體跳著奇怪的舞蹈。只見她從白絹睡衣裡伸出像是枯枝的雙臂，然後由後仰的脖子當中發出歡喜的咆哮。在越發激烈的雷鳴伴奏之下，用宛如怪鳥般的沙啞嗓音，編織出足以篡奪神權的禁咒……

事到如今，這個地底世界已經不是什麼AI的實驗，甚至連假想文明的模擬演練都不是了。

身為世界創造者的RATH員工……菊岡誠二郎與比嘉健等人最多也不過活了三十幾年的時間。但是純粹支配欲的化身桂妮拉在取得管理者權限前已經活了八十年。如果卡迪娜爾所言非假的話，她之後又活了將近三百年的時間。此時已經沒有任何人能推測出，這樣的智慧究竟會變成什麼樣的存在了。

菊岡他們真的能掌控這一切嗎？他們究竟掌握了幾成在這裡發生的事情呢……？

我和穿著黑斗篷的賢者在各自抱著恐懼的情況下凝視著對方。

大圖書館裡面沒有門存在……也就是說處於完全和外界隔離的狀態，但我卻感覺能夠聽見從遠方傳過來的低沉雷鳴。

而這不吉祥的聲音，似乎正宣告著我們原本快要接近終點的旅程，馬上就得面臨一場嶄新且最為巨大的風暴了。

（Alicization turning　完）

後記

大家好，我是川原礫。感謝您閱讀這本《Sword Art Online刀劍神域11 Alicization turning》。雖然是直接取轉折點的意思來當書名，但本集在份量上是不是也來到Alicization篇的中間點……抱歉，我現在還不能透露……！但就本書的內容來看呢，原本過著平順校園生活的桐人與尤吉歐的確面臨了相當大的轉折點，另外故事也轉換到新的舞台。兩人遇見了一位姓名讓桐人相當懷念的神祕人物，並且終於從該人物口中聽見了地底世界創立時的祕密……很不好意思的是故事就在這裡告一段落，必須等待下回分解，不過我會盡快為各位獻上第12集，也請大家繼續跟著他們兩個人一起冒險吧。

本書是我今年出版的第六本書，看來我總算是維持了從二〇〇九年出道以來每年推出六本作品的速度。二〇一二年對我來說是相當重要的一年，因為《SAO刀劍神域》與《加速世界》兩系列分別在這一年裡動畫化，而我也因此認識了許多新朋友，甚至接觸到完全未知的世界，感覺這就我對創作的思考方式也有很深的影響。雖然沒有空間把所有的影響寫出來，但簡要來說大概就是能夠以「嚴肅，但又帶著享受的心情來創作」吧。由於寫小說通常是個人作業，所以精神狀態緊繃的時候總會感覺相當憂鬱，但我一向認為「有趣才能繼續下去」是創作的基本動力與原則，所以這時候就會想辦法回歸初衷。希望明年也能夠帶著享受的心情來創作每一本書。另外也希望能夠維持每年推出六部作品的速度！當然我不是為了出書的數量而寫，只是確定以我的個性來說只要減慢速度就一定回不來了，所以希望在《ＳＡＯ》與《加速世界》兩個系列完結之前都能夠維持隔月刊行的速度……其實我在後記裡寫出來就是為了讓自己沒有退路（笑）。

由於今年又開始了《Progressive》系列，所以ＳＡＯ就變成四冊了。插畫家ａｂｅｃ老師在手頭上有一大堆動畫相關工作的情況下還提供了這麼多完美的插畫，我只能說除了感謝還是感謝。另外我在各方面的延遲也給擔當編輯三木先生以及土屋先生添了許多麻煩。其實這篇後記也已經晚了三十分鐘！

最後也要在這裡再次向一路陪我走來的各位說聲「明年也請大家多多指教了！」

二〇一二年十月某日　　川原 礫

Kadokawa Light Novels

.hack//G.U. 1~4（完）

Kadokawa Fantastic Novels

作者：浜崎達也　插畫：森田柚花

追尋最終的敵人歐凡，
長谷雄的冒險劃下句點！

在網路遊戲「THE WORLD」中，陸續發生了玩家昏迷的異常現象，其原因是寄生於碑文使歐凡左手臂上的病毒AIDA。而過去曾一同並肩作戰的歐凡，正是奪走長谷雄最愛的女孩「志乃」的元兇。歐凡真正的意圖究竟為何!?長谷雄的故事終於邁向完結！

台湾角川

各 NT$180~240/HK$50~68

Kadokawa Light Novels

加速世界 1~12 待續

Kadokawa Fantastic Novels

作者：川原 礫　插畫：HIMA

美味絕倫的巧克力對戰虛擬角色登場。
她竟成爲Crow學會特殊能力的契機？

春雪與神祕的最強「1級」虛擬角色「Wolfram Cerberus」交戰，但仍未學會新特殊能力。陷入瓶頸之際，有「巧克力裝甲」的小型貴婦虛擬角色「Chocolat Puppeteer」出現在春雪眼前。Silver Crow將在她促成下，得到夢寐以求的特殊能力——？

各 **NT$180~240/HK$50~68**

台湾角川

Kadokawa Light Novels

打工吧！魔王大人 1~6 待續

Kadokawa Fantastic Novels

作者：和ヶ原聡司　插畫：029

第17屆電擊小說大賞〈銀賞〉得獎作
電視動畫預定2013年4月播出！

魔王打工的速食店終於再度開張了，鼓起幹勁的魔王決定向新的執照挑戰。而戀愛中的高中女生千穗為了在與天使或惡魔接觸時能馬上求救，希望學會名為「概念收發」的心靈感應。然而不知為何，鈴乃替千穗選擇的修行場所居然是鎮上的「澡堂」——？

各 NT$200~220/HK$55~60

台湾角川

Kadokawa Light Novels

魔法科高中的劣等生 1~7 待續

Kadokawa Fantastic Novels

作者：佐島 勤　插畫：石田可奈

和深雪完成「儀式」的達也
終於解放恐怖的「禁忌之力」——

來自「大陸」的大亞聯軍，為了達到目的不惜殺害市民。同一時間，最新銳魔法技術武裝集團——國防陸軍一〇一旅獨立魔裝大隊出現在競賽會場。劣等生達也無視於驚訝的七草真由美與十文字克人，「受命」前往最前線，進行一場令人瞠目結舌的作戰——

各 **NT$180~280/HK$50~76**

台湾角川

國家圖書館出版品預行編目資料

Sword Art Online刀劍神域. 11, Alicization
turning / 川原礫作；周庭旭譯.
——初版. —— 臺北市：臺灣國際角川,2013.08
面； 公分——(Kadokawa fantastic novels) ——

譯自：ソードアート・オンライン 11,
アリシゼーション・ターニング
ISBN 978-986-325-535-2（平裝）

861.57　　　　102012204

Kadokawa
Fantastic
Novels

Sword Art Online刀劍神域 11

Alicization turning

(原著名：ソードアート・オンライン 11 アリシゼーション・ターニング)

2013年8月15日　初版第1刷發行
2022年11月24日　初版第13刷發行

作　　者：川原　礫
插　　畫：abec
日版設計：BEE-PEE
譯　　者：周庭旭

發 行 人：岩崎剛人
總 編 輯：蔡佩芬
副總編輯：朱哲成
美術設計：李思穎
印　　務：李明修（主任）、張加恩（主任）、張凱棋

發 行 所：台灣角川股份有限公司
地　　址：104台北市中山區松江路223號3樓
電　　話：（02）2515-3000
傳　　真：（02）2515-0033
網　　址：www.kadokawa.com.tw
劃撥帳戶：台灣角川股份有限公司
劃撥帳號：19487412
法律顧問：有澤法律事務所
製　　版：尚騰印刷事業有限公司
ISBN：978-986-325-535-2